메리골드 마음 세탁소

메리골드 마음 세탁소

MARIGOLD MIND LAUNDRY

윤정은 장편소설

북로망스

만약에 말이야.

후회되는 일을 되돌릴 수 있다면,

마음에 상처로 새겨져 굳어버린

얼룩 같은 아픔을 지울 수 있다면,

당신은 행복해질까?

정말 그 하나만 지우면

행복해질 수 있을까.

MARIGOLD MIND LAUNDRY

차례

메리골드 마음 세탁소

009

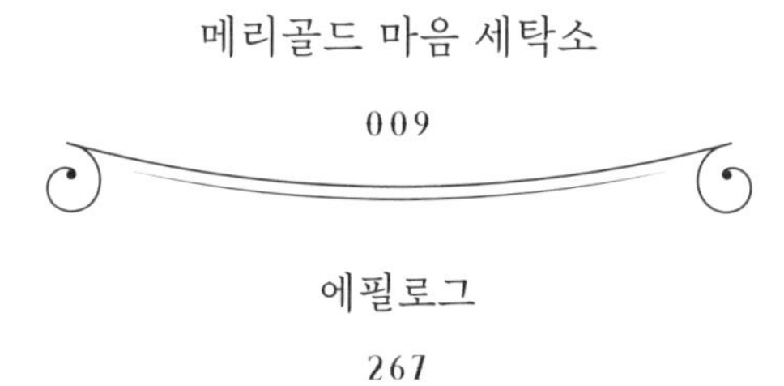

에필로그

267

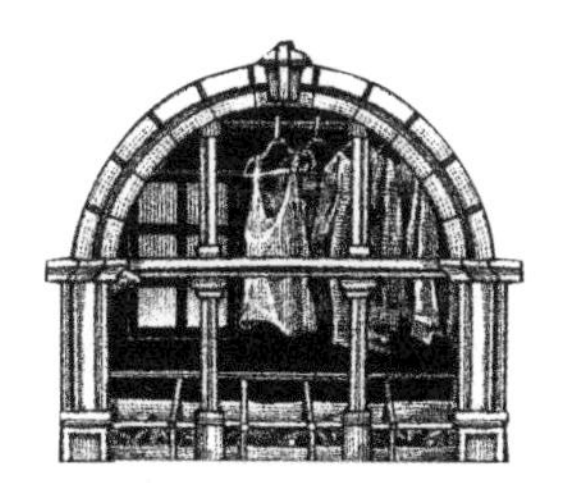

메리골드 마음 세탁소

봄이 지나면 가을이 오고, 가을이 지나면 다시 봄이 오는 마을이 있다. 축구공만 한 지구본을 돌리고 돌리다 보면 먼지처럼 작은 마을 하나가 눈앞에 떠오른다. 이곳은 지구에 있지만 아무나 그 존재를 알 수는 없다. 신비로운 꽃과 나무가 가득하고, 상상할 수 없는 힘을 가진 사람들이 모여 산다. 날개는 없지만 요정처럼 아름다운 사람들이.

이곳은 언제나 꽃 같은 날들이 이어진다. 하늘은 시리게 푸르고 날씨는 덥지도 춥지도 않다. 먹을 것이 풍족하고 웃음이 끊이지 않는다. 눈빛과 마음이 선한 이들이 모여 살기에, 그들은 '미움'이나 '아픔' 혹은 '슬픔'이라는 감정을 모른다. 날이 선 말을 하는 사람이 하나도 없어 늘 평화롭다.

이 마을에서는 세상에 빛이 되는 아름다운 능력을 가진 이들이 사람들이 사는 곳마다 온기를 불어 넣으며 달이 뜨면 은은한 달빛 아래 춤을 추고, 해가 뜨면 따뜻하고 눈부신 웃음으로 하루를 살아간다. 살을 에는 몸의 추위도, 어깨가 움츠러드는 마음의 추위도 없다.

그러던 어느 날, 마을에 사는 한 남자의 마음에 뜨거운 여름이 찾아왔다. 예고도 없이.

"저기요, 정신 차려보세요. 괜찮아요?"

"…목……."

"뭐라고요? 안 들려요."

"…물…."

"아, 물이요! 여기 있어요."

마을 전체를 구석구석 꿰뚫는 오솔길을 한 남자가 걷고 있었다. 마을의 지킴이로서 크고 작은 일을 맡고 있는 남자는 팔을 양 옆으로 흔들고 숨을 크게 내쉬며 자연을 만끽하다, 길가에 쓰러진 여자를 발견했다. 유난히 하얀 얼굴에 머리가 검고 긴 여자는 어떤 말을 하려는 듯 입술을 들썩이다 남자가 건넨 물을 몇 모금 마시고는 다시 풀썩, 쓰러지고 만다. 이 마을에서 한 번도 본 적 없는 여자다. 그녀가 쓰러지는 순간, 나뭇잎들이 날아들어 그녀를 받치며 푹신

한 이불을 만들어준다.

"어어, 저기요! 여기서 쓰러지시면 안 됩니다! 집이 어디예요? 데려다줄게요!"

남자는 맥없이 기절한 여자 옆에서 엉거주춤 서 있다. 여자가 입은 하얀 원피스에 초록물이 배지는 않을지 신경 쓰던 남자는 결국 자신의 옷을 벗어 덮어주고 그 옆에 앉는다.

'여기서 잠들면 안 되는데… 일단 지금은 어쩔 수 없지. 깨어나면 집을 묻고 데려다줘야겠다. 그런데, 왜 갑자기 마음이 편안하고 졸리지? 이상하다.'

남자는 주저앉은 채 무릎을 끌어안고 스르르 잠이 든다.

"저기요, 여기가 어디예요?"

어깨를 흔드는 가벼운 손길에 깨어난 남자는 잠에서 깨자마자 자신을 빤히 바라보며 묻는 여자의 파란 눈동자에 자기도 모르게 빨려든다. 바다 같기도 하고, 하늘 같기도 한 깊은 눈동자는 빛이 비치면 파란색으로 보이고, 아름답고 긴 속눈썹을 깜빡이면 갈색으로 보이기도 한다. 여자의 신비로운 눈동자에 반해 멍해진 남자가 겨우 정신을 차리고 대답한다.

"어, 여기는 그러니까, 어… 아름다운 능력을 가진 마을인데요."

"아름다운 능력이요? 여기선 그동안 맡아본 적 없는 냄새가 나요. 난 냄새로 공간의 에너지를 구별하는데… 여긴 평화롭고 좋은 냄새가 나요. 그런데 이상하게 낯설지가 않아요. 바람도 공기도 순해요. 가능하다면 여기서 살고 싶을 정도로 편안한 공기네요."

"그럼… 이 마을에서 같이 살래요?"

여자의 눈을 보며 자기도 모르게 튀어나온 말에 남자는 놀라 벌떡 일어서고 말았다. 귀까지 빨개진 채 어쩔 줄 몰라 주춤거리는 남자를 보며 여자는 아주 예쁘게 웃으며 답한다.

"그래요. 살아요."

첫눈에 반한다는 말은 이율배반적이지만, 여자와 남자는 아름다운 능력을 가진 마을에서 예쁜 딸까지 낳고 평온하게 살았다. 신묘한 능력을 가졌지만 그 능력을 나쁜 일에는 절대 쓰지 않는 이들과 함께, 봄의 다음 계절은 가을이라는 게 당연한 마을에서 행복하게 살아갔다.

할 수 있는 일이 사랑밖에 없는 사람처럼 살던 여자는 문득 너무 행복해서 불쑥 불안한 마음이 든다.

'아니야, 아니야, 그럴 리 없어. 이 마을은 외부에 알려지지 않은 마을이야. 이 마을에서 불안이라는 감정을 아는 사람은 나밖에 없는 걸….'

여자는 고개를 흔들어 생각을 지운다.

☼☆☽

깊은 밤, 불은 꺼져도 사랑의 온기가 남아 빛처럼 비추며 따뜻함이 집에 감돈다. 매일 밤 잠들기 전 여자는 집의 냄새를 맡으며 평온과 고요에 안도한다. 세월이 흐른 만큼 편안함이 더해져 온화한 표정마저 닮아가는 두 사람은 침실에서 작은 조명을 켜고 손을 잡은 채 이야기를 나누다 잠이 들곤 한다.

여자와 남자는 머리카락이 희끗한 중년이 되었고, 사랑스러운 소녀는 건강하게 자라 성년을 앞두고 있다. 오늘은 평소보다 걱정스러운 표정으로 여자가 말한다.

"여보, 이제 우리 딸이 가진 힘을 이야기해줘야 하지 않을까요?"

"음… 아직은 일러요."

"이르긴요, 내년이면 성년인데. 이제 슬슬 능력을 필요할 때만 사용하고 조절하는 방법을 익혀야 해요."

"아직 우리 딸은 자기가 가진 능력이 없는 줄 알고 있는데, 갑작스레 너무 놀랄 거예요."

“놀라긴 하겠죠. 맞아요.”

“…조만간 적당한 시기를 봐서 알려줍시다.”

“그래요, 당신 말대로 해요. 그리고 능력이 있다는 걸 알게 되면 다른 마을 이야기가 적힌 책은 당분간 읽지 않게 해야겠어요.”

“그렇죠. 다른 마을 이야기에는 다양한 감정이 있으니… 그 감정이 힘으로 연결되지 않도록 조심해야지요.”

그동안 여자를 닮아 능력이 없는 줄 알았던 딸에게 뒤늦게 보이는 징후들이 걱정스러웠다. 사실 예전부터 눈치채고 있었지만, 단순히 공감 능력이 좋거나 실천력이 강한 것일 거라 넘기곤 했다. 그런데 선한 마법을 쓸 줄 알도록 선택받았기에, 세상에 빛이 되는 능력을 가진 이들이 꼭 넘어야만 하는 시련이 찾아오고 만 것이다.

시련을 극복하지 못하면 능력을 제대로 활용할 수 없고, 마음의 상처를 스스로 치유하는 방법을 오래도록 찾아 헤매야 한다. 그렇지만 시련을 극복하면 능력을 완전하게 갖추고 빛이 되는 존재로 살아갈 수 있다. 그 삶은 존경받는 아름다운 삶이지만 외롭고 고통스럽기도 하다. 빛이 밝으면 어둠도 깊은 법이니까. 달의 이면처럼.

자신이 살던 도시에서 회복할 수 없는 상처를 받아 도망치듯 뛰다 정신을 잃고 이 마을에 들어선 여자였다. 여자는 이곳에 살면서 마음의 상처를 오직 사랑으로 치유할 수 있었다. 그러기에 자신의 아이가 시들지 않는 꽃처럼, 한 번도 상처받지 않은 사람처럼, 세상에서 가장 아름답고 비밀스러운 이 마을에서 맑게만 살아가길 바랐다.

그러나 언제나 바람은 바람으로 남곤 했다는 걸 기억해 내고 말았다. 딸과 이야기를 나누는 이들은 마음이 편안해졌고, 자신이 원하는 것을 이루는 딸의 능력이 점점 부각되었다. 이제 마을에 없는 다양한 감정을 익히고 조절해 마을 밖으로 나가야만 하는 시기가 오고 있었다. 이 마을에서는 선택받은 소수만이 세상으로 나가 선한 마법과 능력을 사용해 빛이 된다. 원래라면 아주 어릴 때부터 징후가 나타나 트레이닝 스쿨에 다니지만, 여자의 딸은 성년이 다 되어 능력이 발현된 특수한 케이스였다.

'…어…… 나한테도 능력이… 있었…어?'

늦은 밤까지 책을 읽다 물을 마시러 나온 어린 소녀는 열린 문틈으로 흘러나온 불빛을 따라 나갔다가 엄마와 아빠의 이야기를 듣게 된다. 소녀는 너무 놀라 그 자리에 멈춰 선다. 이상하게 가슴이 두근거린다. 나에게 대체 어떤 능력이 있는 걸까. 그 힘으로 누구를 도와야 할까. 다른 마법 능력을 가진 이들처럼 마을 밖으로 나가야만 하는 걸까? 한 번도 경험해보지 못한 세상은 어떤 모습일까. 걱정과 기대가 동시에 몰려온다. 벽에 몸을 붙이고 숨죽여 엄마와 아빠의 이야기를 엿듣는다.

"그런데 우리 마을에 두 가지 이상의 능력을 가진 사람이 있었나요?"

"아마도 지난 세기에 있었다고 들었어요."

"……."

작은 말소리에 집중하다가 일순간 다리에 힘이 풀린다. 벽을 붙잡고 두 걸음 떼어 간신히 의자에 앉는다. 능력이 있다는 것도 놀라운데 두 가지라니. 어지럽고 혼란스럽다. 창밖을 보니 유난히 평소보다 깊고 어두운 밤이다. 달도 별도 얼굴을 가린 밤. 마을 밖으로 나가는 경계의 문이 열리는 밤.

'괜찮을 거야. 아무 일도 일어나지 않을 거야. 정말….'

마음을 가다듬고 차분히 심호흡을 하며 눈을 감는다. 하나, 둘, 셋….

"가지 마. 엄마, 아빠. 나만 두고 가지 마. 제발 돌아와…."

깜빡 잠이 든 소녀는 울며 잠에서 깬다. 사랑하는 이들이 회오리바람에 휩쓸려 모두 떠나버리는 악몽을 꾸었다. 거센 바람이 불어와 자신만 남겨두고 사랑하는 모든 것들이 떠나가는 꿈이다. 이런 기분은 처음이다. 도서관 비밀 서가에서 몰래 읽은 책에 나온 '불안'과 '공포'라는 감정이 이런 건가? 부모님이 자기 전에 다른 마을 이야기는 읽지 말라고 했는데…. 소녀는 호기심에 비밀 서가에서 빌린 책을 모두가 잠든 밤에 꺼내 읽곤 했다. 소녀가 오늘 읽은 책은 사랑하는 이들이 마법의 블랙홀로 빨려 들어가 다른 세기의 경계로 사라져 그들을 찾아다니는 이야기였다.

소녀는 좀처럼 진정되지 않고 쿵쿵 울리는 심장에 손을 얹고 한참을 흐느낀다. 이상하다. 이렇게 울고 있으면 엄마나 아빠가 달려와줘야 하는데, 왜 이리 고요하지. 모두 깊이 잠들어 있는 건가? 아니면, 지금 이 순간이 꿈인가? 왜 아무 냄새가 나지 않지? 불안한 마음에 주변을 둘러본 소녀는 눈앞의 풍경이 믿기지 않아 눈을 비빈다. 눈을 감았다 떴다가, 또 눈을 비빈다.

그런데 아무리 눈을 비벼봐도 소녀의 눈앞에 아무 것도 남아 있지 않다. 꿈이다. 분명 꿈이다. 악몽이라는 걸 거야. 다시 눈을 감고 잠에 들어야지. 그리고 새로운 꿈을 꿔야지. 이상한 밤이야. 다시 눈을 꼭 감는다.

그때, 소녀가 잠에 들기 전 의자에 앉아 들었던 마지막 말이 떠오른다. 꿈인 줄 알았는데.

"타인의 슬픔에 공감하고 그걸 치유하는 능력은 참 좋은데, 원하는 것을 실현하는 능력이라니. 너무 위험하고 강력해요."

"우리가 왜 이제야 발견한 걸까요. 미리 알았으면 좋았을 텐데. 트레이닝 스쿨에서 배워야 하는 걸 혼자 터득하려면 얼마나 벅차고 힘들까요."

"자책하지 말아요. 이미 일어난 일을 후회한다고 일어나지 않은 일이 되는 게 아니잖아요. 우리가 이제라도 알았으니 곁에서 많이 도와줘요."

"알았어요. 그런데 능력을 처음 발견하게 되면 당분간은 생각하고 꿈꾼 일이 즉시 일어나잖아요. 험한 생각을 하지 않게 조심해야 해요. 내일 저녁 편안한 분위기를 만든 다음에 사실을 말해줘야겠어요."

"그렇게 해요. 그런데 두 능력이 다 발휘되려면……."

뒷말은 미처 듣지 못하고 잠에 들어버렸던 소녀는 끝없는 후회에 빠진다. 뒷말을 마저 들었어야 하는데. 아니, 물을 마시러 나오지 말았어야 하는데. 아니, 늦은 밤까지 깨어 있지 않았어야 하는데. 아니, 부모님의 이야기를 엿듣지 말았어야 하는데. 아니, 애초부터 다른 마을의 책을 읽지 말았어야 하는데. 비밀 서가에 들어가지 말았어야 하는데. 생각할수록 눈덩이처럼 불어나는 숱한 후회들이 흘러간다.

감았던 눈을 떴지만 꿈이 아니다. 현실이다. 말 그대로 폐허다. 사랑하는 이들이 나 때문에 휩쓸려간 자리에 홀로 남겨져 있다.

후회되는 순간을 되돌릴 수 있는 기회가 주어진다면 얼마나 좋을까. 그렇다면 나는 다른 선택을 할 수 있을까. 정말 그럴 수 있을까.

아니, 나쁜 일을 미리 알고 막을 수 있는 능력을 가졌다면 얼마나 좋을까. 어쩌면 내가 할 수 있지 않을까?

이럴 수는 없다. 이렇게 허무하게 한순간에 모든 것이 사라질 순 없다. 눈을 감았다 뜬 것 뿐인데, 빛나던 세상이 암흑으로 가득하다.

이건 꿈이다.

분명 꿈이야.

☼☆☽

"꿈이 아니야. 현실이야."

때로는, 아니 자주. 현실은 꿈보다 잔인하다.

아무리 눈을 감았다 떠도, 앉은 자리에서 잠들었다 깨기를 반복해도 혼자다. 소녀는 자기가 가진 능력을 어떻게 사용하는지를 몰랐다는 이유로 사랑하는 이들을 잃고 만다. 어떻게든 다시 되돌릴 수 있을 거라 믿으며 트레이닝 스쿨 교재를 모조리 찾아보다 이런 글귀를 발견한다.

능력을 알게 된 초기엔 힘 조절이 미숙해 꿈꾸길 각별히 주의해야 합니다. 특히 훈련 초반에는 많은 일들을 실현시킬 수 있게 됩니다. 잠들기 직전에 하는 생각이 현실로 나타나는 일이 생길 수 있으니 이를 악용하거나 위험에 빠지지 않도록 주의하세요. 자기 직전에는 반드시 명상을 하고 기분 좋은 생각을 하세요.

절망적이다. 사랑하는 가족이 다시 돌아오도록 아무리 생각하고 꿈을 꾸어도 눈을 뜨면 혼자다.

'책의 내용처럼 엄마, 아빠가 다른 세기로 넘어간 건 아닐까? 온 세기를 다 뒤져서라도 다시 만날 거야. 다시 만날 때까지 절대 늙지 않을 거야. 백만 번쯤 태어나면 다시 만날 수 있겠지? 꼭 찾을 거야. 내가 다시 돌려놓을 거야.'

사람이 궁지에 몰렸을 때 자신도 모르는 초인적인 힘이 나오는 것처럼, 소녀 역시 절박함과 깊은 슬픔에 특별한 능력을 발휘할 수 있었다. 본인의 능력을 발견한 지 얼마 되지 않은 순간의 힘을 빌려, 백만 번을 다시 태어나 세기를 넘나들도록 스스로를 봉인했다. 위험에 빠질 수 있다는 경고 따윈 무시했다. 사랑하는 이들을 잃은 지금보다 더 큰 위험이 어디 있단 말인가. 선한 일에 능력을 사용해야 한다는 경고도 무시한 채 온 세기에 걸쳐 가족을 찾아다녔다. 빨갛게 생기 가득한 양 볼에 늘 사랑스러운 미소를 띠던 소녀는 수도 없이 다시 태어나고 세기와 세계를 넘나들며 웃음을 잃어갔다. 그래도 괜찮았다. 가족을 찾을 수만 있다면. 소녀는 계속해서 다시 태어나 셀 수도 없이 많은 일을 하며 세상을 헤맸다.

'어디 있어. 이제 제발 나타나줘… 제발… 차라리 꿈이었으면.'

아무리 다시 태어나고 애타게 찾아다녀도 사랑하는 이들을 찾을 수 없었다. 결국 소녀는 자신을 죽지도, 행복하지도 못하게 만들었다. 사랑하는 이들을 찾아야지만, 다시 태어나는 삶을 멈추고 마침내 늙어 죽어갈 수 있도록. 혼자서는 좋은 걸 좋다 느낄 수 없었고 자연스럽게 늙어갈 자유조차 없었다. 사랑하는 이들을 찾고 나서 함께 웃으리라 다짐했다. 능력을 선하게 사용해야 한다는 마법의 명분을 외면한 채 자신을 위해서만 능력을 사용했다.

그러나 반복해서 다시 태어날수록 소녀의 검고 깊은 눈에는 슬픔만이 가득했고, 소녀는 울지도 웃지도 않는 무표정한 사람이 되어갔다. 지독하게 쓸쓸하고 공허한 눈빛으로 제대로 먹지도, 잠을 자지도 않아 앙상하게 말라갔다.

헤어질 때의 외모를 그대로 간직해야 가족들이 자신을 알아볼 수 있을 것 같아 얼굴이 변하지 않는 나이까지만 늙도록 했다. 어느 세기의 소녀는 이십 대였고, 어느 세기의 소녀는 삼십 대였다. 몇 번은 사십 대로 산 적도 있었지만 그 이상은 나이 들지 않았다. 사랑하는 이들이 자신을 알아보지 못할까봐, 아니 사실은 기억이 희미해져 자신이 그들을 알아보지 못할까봐 불안했다. 지치고 또 지치는 여정이었다. 약속한 시간이 마음보다 빠르게 흘러갔다.

'벌써 백만 번째야. 차라리 오늘이 꿈이면 얼마나 좋을까.'

왜 이 생각은 현실로 이루어지지 않는 건지, 대체 제대로 능력이 발휘되는 시점은 언제부터인지, 아무리 생각해도 모르겠다. 모르는 일을 내내 물고 늘어지는 것만큼 어려운 일은 없는데. 트레이닝 스쿨의 책을 챙겨서 마을 밖으로 나왔어야 하는데.

몇 번째인지도 모르게 다시 태어난 첫날, 눈을 뜬 소녀는 천천히 침대에서 일어나 따뜻한 물을 끓이기 위해 주전자를 집어 든다.

"물 끓어라, 얍. 부글부글…. 이런 건 왜 안 되는 거야."

혼잣말에 익숙한 소녀는 오른손으로 뚜껑을 열고 왼손에 있는 주전자에 물을 받는다. 다시 태어날 때마다 같은 나이, 같은 외모, 같은 공간이도록 꾼 꿈은 이루어지는데 말이야. 뭐가 부족한 거지.

"컵이 어디 있지? 매번 같은 곳에 있도록 했는데."

고개를 들어 위 선반을 뒤지고, 아래 서랍을 열며 두리번거리던 소녀는 그제야 눈앞 선반에 놓인 하얀 컵을 발견한다. 물끄러미 컵을 바라본다. 언제부터 여기 있었지….

치이익 하고 그사이 물이 끓어오른다.

"보-고-싶-다."

지난 세기에 소녀의 곁에 있던 이들이 떠오른다. 보고 싶다고 말하니 더 보고 싶다. 사실 소녀는 오래전부터 많이 지쳐 있었다. 즐거움과 행복은 모르고 살도록 감정의 자유마저 차단해도 사람이란 어찌 이리 온기를 주는 다정한 존재들인지. 잘해주는 것 하나 없는 자신이 부담스럽지 않도록 곁에 있어주던 이들에게 익숙해질 때쯤이면 서둘러 곁을 떠나야만 했다. 애써 모르는 척하고 차갑게 대해도 자신에게 온기를 베풀어주던 이들의 얼굴이 눈앞에서 흘러간다. 가끔은 그만 헤매고 그들과 어울려 살고 싶기도 했다.

"내가 그럴 자격이 있을까."

머물고 싶다는 마음이 들 때마다 소녀는 서둘러 그 세계를 떠났다.

항상 슬프기만 한 건 아니었다. 소녀가 좋아하는 행위도 있었다. 소녀는 곁에 있는 이들의 이야기를 가만히 들어주는 것을 좋아했다. 그들의 이야기를 듣다 보면 소녀의 탁월한 공감 능력으로 감정이 전이돼 마음이 아팠고, 감정이 진정될 즈음 차를 내어주면 말하는 이가 천천히 미소를 짓곤 했다.

그렇게 서로 편안해지는 순간의 공기가 좋았다. 슬프고 우울하고 짜증나는 이야기를 듣는 일이 소녀에겐 힘들지 않았다. 사람들보다 오랜 시간을 살아오며 기쁨의 순간들보다 힘든 순간들이 생에 널려 있음을 자연스레 알게 되었고, 그들이 털어놓는 속내가 소녀에게는 음악 소리와 같은 '말소리'로 들렸다.

그리고 그 이야기들을 가슴속에 담고 살아가다 마음에 얼룩을 남기는 것보다, 자신에게 풀어내며 천천히 그들의 마음이 풀려 깨끗해지는 시간이 좋았다. 내심 많은 이들의 마음을 어루만져주다 보면 언젠가 소녀의 마음도 채워지지 않을까, 기대하기도 했다.

사실 소녀는 그것이 자신이 가진 능력이라는 것을 알았다. 하지만 능력을 온전히 사용하는 것이 겁이 났다. 다시 누군가를 잃을까 두려웠다. 누군가를 사랑한다는 건 그를 잃을 수도 있다는 두려움이 꼭 동반되는 것일까. 나이가 들지 않도록 스스로를 봉인한 소녀는 곁에 있는 이들이 나이 들어가는 걸 바라보며 매번 떠날 준비를 해야만 했다. 발길이 쉽게 떨어지지는 않았지만.

혹시 그 사람들이 그토록 소녀가 찾아 헤매던 사랑하는 이들은 아니었을까? 이렇게 긴 시간에 걸쳐 다시 태어나면서도 지난 날의 과오를 자책하느라 정작 찾아야 할 것을 눈앞에 두고 보지 못하는 건 아닐까. 이 컵처럼.

소녀는 응시하던 하얀 컵을 집어 들고 물을 따르며 생각한다. 물을 끓이는 것도, 채우는 것도 선택인데 말이야. 별생각이 다 드네…. 다시 태어나는 일도 이제 너무 힘들어. 이제 그만 포기해야 할 때가 온 건가. 아니야, 아직 아니야. 그런 생각은 하지 말자.

생각을 지우려 고개를 양쪽으로 흔든다. 잔에 뜨거운 물을 따라 후후 불어 마시며 집을 살펴본다. 다시 태어날 때마다 동네는 달라져도 같은 구조의 집에 살기에 낯설지 않다. 방 하나, 거실 하나에 작은 부엌이 있는 단촐한 구조의 열두 평짜리 집이다. 가구라고 해봤자 침대 하나, 작은 화장대 하나, 장롱 하나, 의자 하나, 테이블 하나가 전부다. 오랜 세기 전에는 크고 화려하게 집을 꾸며보기도 했지만 혼자 사는 외로움이 더 커질 뿐이었다.

새롭게 태어날 때마다 일을 하지만 번 돈을 쓰지 않으니 돈이 모였다. 가진 돈은 늘어났지만 거듭 태어날수록 필요한 것들은 줄어들었다. 익숙한 구조의 집을 훑어보며 천천히 거실로 걸어가 창문 앞에 선다.

"아름답구나."

이번 동네 메리골드는 지명이 마음에 들어 골랐다. 엄마가 좋아하던 꽃 이름과 같은 이름의 도시라니. 내적 친근감이 감돈다. 소녀가 사는 곳은 벽돌색 집들이 꽃처럼 모여 있는 동네의 가장 높은 집이다. 골목 어귀에서는 밥 짓는 냄새가 나는 듯하다. 평화롭게 해가 지고 다시 뜨는 동네. 창밖으로 보이는 집들 가운데 몇은 노란 불빛을 밝히고 있고 굴뚝으로 연기가 올라온다.

소녀는 꼼짝 않고 서서 창밖을 응시한다. 사람이 붐비지 않지만, 그렇다고 인적이 드물어 쓸쓸하지도 않은 동네다. 컵을 든 채 창문을 열고 베란다로 나간다. 맨발에 닿는 타일의 촉감이 차갑다.

바다를 등지고 선 소녀 앞으로 바람이 분다. 그리고 해가 진다. 왼쪽으로 고개를 돌리자 숨이 멎을 것 같다. 온 힘을 다해 하늘을 붉게 물들이며 해가 지고 있다. 타오를 듯한 해가 아주 천천히 바다로 들어가고 있다. 지는 해가 이토록 아름다웠던가.

산 아래 꼭대기 마을의 두 면은 바다를 품고 두 면은 도시를 품고 있다. 눈을 감고 숨을 아주 크게 들이쉰다. 물 냄새가 난다. 도시와 바다와 마을이 어우러지는 풍경을 바라보며 소녀는 쓸쓸해진다. 문득 뜨거운 눈물이 흐른다.

"뭐야, 해 지는 거 왜 이렇게 예뻐. 세상에 예쁜 게 아직 남아 있네."

보는 이라도 있는 양 황급히 눈물을 닦으며 소녀는 해 지는 풍경을 물끄러미 응시한다. 바람이 분다. 꽃 냄새가 코끝을 스치고 지나간다. 바람에 흩날리는 머리카락을 쓸어 넘기며 소녀의 눈동자에도 노을이 물든다.

"왜지? 익숙한 냄새가 나네."

한껏 크게 숨을 들이 마시며 소녀는 오래전 맡았던 냄새를 떠올린다. 어디서 이 냄새를 맡아봤더라. 그리움의 냄새를 떠올리며 식어버린 컵의 물을 마신다. 순간적으로 해는 바다 능선 아래로 완전히 넘어갔다. 해는 졌지만, 해의 잔

해는 하늘에 남아 노을로 붉게 번진다.

해가 지자마자 어둠이 시작되는 것이 아니다. 해는 천천히 빛을 내며 지고 있었고, 보이지 않아도 남은 빛이 지속되고 있었다. 그렇다. 빛과 어둠은 양면이 아닌 한 면으로 이어져 있다. 소녀는 찬찬히 어둠이 드리우는 광경을 바라본다. 깊은 어둠이라 해도 빛이 들어오는 부분이 있다. 완전한 어둠 속에 있다고 생각돼도 눈치챌 수 없을 정도로 희미하게 빛이 비춘다.

그리고 밤이 서서히 내려앉는다. 깊은 어둠 속에서도 해가 지듯 천천히 어둠은 밝음으로 이어져 달과 해가 같은 하늘에 공존한다. 낮의 달을 보지 못하는 건 낮의 해를 보려고만 하기 때문이 아닐까. 소녀는 가만히 무릎을 안고 웅크려 앉아 밤을 꼬박 샌다. 새벽이 오고 아침이 온다. 어둠이 영원할 것 같아도 아침은 다시 온다. 살아 있는 한 노력하지 않아도 얻을 수 있는 건, 이 아침을 맞이하는 날들 아닐까.

"살아 있는 한, 영원한 어둠도 빛도 없구나."

그 순간, 소녀가 지난 세기에서 만났던 이들에게 '위로차'를 내어줄 때의 손길과, 차를 마시던 이들에게서 서서히 걷어지던 캄캄한 어둠, 천천히 해가 떠오르듯 차를 마신 이들이 고개를 들며 미소 지을 때의 순간들이 스쳐 지나간다.

"……기억……났어."

쨍그랑!

하얀 컵이 소녀의 손에서 떨어진다. 새하얀 파편이 사방으로 튄다. 무의식 속에 다 남아 있었다. 왜 이제서야. 소녀는 양손으로 입을 틀어막는다. 소리를 질러도 듣는 이 하나 없는, 동이 터오는 새벽이다. 엄마와 아빠가 나누던 대화를 듣다 쓰러진 소녀의 의식 속에 남아 있던 아빠의 마지막 말이 귓가에 들려온다.

"그런데 두 능력이 제대로 발휘되려면, 먼저 슬픔을 위로하고 치유하는 능력을 제대로 익혀 사람들의 마음을 치유해주는 일을 하고 나서 꿈을 실현시키는 능력을 사용해야 해요. 아마 어려움을 돕는 보조 능력이 아닐까요? 마을에서 이런 능력을 가진 사람은 몇 명 없는데, 특별하고 소중한 능력이네요. 선택받았어요."

왜 이제야. 왜 이제…서야…. 울 힘도 남아 있지 않은 소녀는 가만히 서서 자신의 소멸을 상상한다. 그러다 정말로 소녀의 몸이 서서히 투명해진다. 등 뒤로는 오늘도 성실히 자신의 할 일을 하고 있는 해가 떠오르고 있다.

"아… 머리야. 왜 나의 소멸은 이루어지지 않는 거야."

소멸되기 직전, 소녀가 주먹을 꽉 움켜쥔다. 그 순간, 깨진 컵 조각들이 하얀 꽃잎이 되어 창문 밖 하늘로 날아간다. 구름 틈에 자리 잡은 꽃잎들이 소녀의 창문에 해가 환하게 비치도록 구름을 지운다. 새파란 하늘에 쨍한 햇살이 내리쬐고 소녀가 입고 있던 옷은 빨간 동백이 새겨진 검은 새틴 드레스로 삽시간에 바뀐다.

소녀가 눈을 뜨자, 가지런히 묶여 있던 머리가 스르르 풀린다. 오늘은 그런 날이다. 거세게 몰아치는 폭풍이 온 것만 같은, 고요하고 스산한 폭풍 전야.

"이 동네는 매일 해가 애처롭게 지네. 마지막인 것처럼 해가 져. 내일이 없는 것처럼."

며칠을 꼼짝 않고 해가 지고 뜨는 것만 지켜보던 소녀는 드디어 집 밖으로 걸어 나왔다. 가장 아팠던 날의 마지막 기억이 이제야 떠올랐음이 너무도 원망스럽다. 알게 된 이상 이대로 있을 수는 없다. 원망과 자책을 당분간 멈추자. 자책할 시간에 문제를 풀고 문제 안에서 살아내보자. 그 끝엔 답이 있지 않을까. 이제 소녀는 사람들의 마음을 본격적으로 치유해줄 장소와 일을 찾아야 한다. 이 도시 메리골드에서.

"아이고, 딸내미 애까지 이제 셋이나 봐주는 겨? 밥은 먹었고?"

"응, 글치. 주말엔 지들 집으로 가고. 어묵 좀 싸줘봐."

소녀의 곁을 스치는 동네 사람들은 길을 지나며 자연스레 말을 섞는다. 검은 비닐봉지에 뜨끈한 음식 뭉치와 천 원짜리 몇 장이 오간다. 작고 소박한 이 동네는 오래 거주한 이들이 많아 숟가락 개수까지 알고 있는 곳이다.

"김밥은 서비스여, 허허."

"아니 무슨 어묵을 샀는데 김밥을 서비스로 준대? 뭐가 남어! 돈 받아, 여기."

"아이고 됐어! 내일 또 사 먹어."

소녀는 기분 좋게 농이 오가는 광경을 바라본다. 이상하다. 이야기를 듣다 보니 배가 고파진다. 오랜만에 허기를 느낀 소녀는 이야기 소리가 들리는 〔우리 분식〕이라는 이름의 낡은 식당에 들어간다.

기름때가 눅진하게 밴 빨간 테이블은 행주로 닦아내도 끈적끈적하다. 맞춤법이 틀린 메뉴판의 글자를 고쳐주고 싶은 마음을 참으며 김밥 한 줄을 시킨다.

'그런데 마지막으로 밥을 먹어본 게 어느 생이었지? 최

소한 이 생에서는 처음인 것 같은데.'

해야 할 임무가 있는 자신에게 음식을 씹고 즐기는 여유는 사치라 생각했다. 그래서 그동안은 한 알만 먹으면 하루치 에너지를 얻을 수 있는 알약으로 연명해온 소녀였다. 지난 어느 세기에서 만난 이의 마지막을 지키며 알약 제조법을 넘겨받았었는데… 그 얼굴도 이제는 희미하다. 씹는 법도, 삼키는 법도 잊은 마냥 허망한 표정의 소녀에게 분식집 사장이 김밥을 내주며 말한다.

"안 멕혀도 밀어 넣어야 해. 안 그러면 말라서 허리 꼬부라져! 나도 오늘 입맛 없는데 억지로 밀어 넣었어. 겨우 먹었어. 그래야 뱃고래도 늘어. 안 먹음 자꾸 줄어."

누군가 이렇게 자신에게 밥 잘 먹으라고 이야기한 것도 어느 시대였나 회상하며 소녀는 기계적으로 김밥을 입에 밀어 넣는다. 분식집 사장의 불룩 나온 배와 오래된 꽃무늬 앞치마를 무심히 바라보며 고개를 갸우뚱한다.

'오랜만에 밥을 먹어서 그런가? 맛이 없네.' 하고 생각하는 여자에게 사장은 뜨거운 김이 모락모락 나는 어묵 국물을 툭, 가져다주며 묻는다.

"근데 아가씨는 이름이 뭐야?"

국물에 뜬 파와 후추를 눈으로 세어보던 여자는 멈칫한다. 옆 테이블에 펼쳐진 누렇게 바랜 전단지에 적힌 〔지은 마트〕라는 글자에 눈길이 머무른다. 김밥을 씹으며 몇 초간 침묵하던 소녀는 입술을 찬찬히 들썩이며 이름을 말한다.

"지은."

"지은이? 예쁜 이름이네. 맛있게 먹고 다음에 올 때는 라면도 시켜 먹어!"

그렇지. 지은이, 예쁜 이름이지. 이야기를 짓는 지은이. 급하게 지어낸 이름이 마음에 들어 소녀는 작게 미소를 지으며 숟가락으로 파와 후추 가득한 국물을 입에 넣는다.

따뜻하네, 국물이.

소녀, 아니 지은은 김밥 한 줄을 다 먹고 입을 뗀다.

"아줌마, 이 건물 얼마야? 내가 살게."

"이 건물을 아가씨가 어떻게 사, 머리가 아픈 겨? 아가씨 돈 많어?"

"음… 많다면 많지."

"워메, 집이 부자여?"

"돈이 얼마나 있으면 부자라고 할 수 있지? 열심히 벌긴 했는데 어느 순간부터는 돈 쓰는 재미가 없더라고. 안 쓰니까 모여. 그래서 많아. 아무튼 누가 주인인지만 알려줘. 건물 가격은 세 배로 쳐준다고 해. 대신 아줌마는 지금 월세 반으로 깎아주고 평생 동결."

"아이고 부자 맞구만! 얼굴 이쁜 아가씨가 마음도 이쁘네. 살 수만 있음 그렇게 혀봐! 주인네 번호 알려주는 게 뭐 어렵다구. 자! 여기."

낡은 메모지에 적힌 번호를 찬찬히 읽고서 지은은 씩 웃으며 말한다.

"아줌마, 대신 앞으로 음식 맛 지금처럼 쭉 유지해야 해. 갑자기 신메뉴 개발하고 그러지 말고. 초심을 잃지 마!"

"워메, 또 사람 볼 줄 아네. 내가 음식을 잘하긴 하지. 근데 아가씨는 왜 사람 보자마자 반말이여?"

"내가 보기보다 나이가 많아. 아줌마보다 오래 살았거든."

"껄껄, 그려. 그렇다 치자. 오래 살았다 치자."

구불구불한 검고 긴 머리가 허리까지 닿아 있고 얼굴이 창백하게 하얀 지은의 심각한 표정을 보며 분식집 사장은 껄껄 웃는다. 이십 대 같기도 하고 사십 대 같기도 한 아가씨다. 사장은 분식집 앞에 멍하니 선, 텅 비어 있는 듯 슬픈 눈빛의 지은을 보자마자 왠지 안쓰러웠다. 안아주고 싶을 만큼 말라비틀어진 저 아가씨가 가게로 들어오라고 일부러 더 크고 우렁차게 말을 했는지도 모른다.

"아가씨, 아니 지은 씨. 그 꽃무늬 원피스 어디서 샀댜? 나도 마음에 드는디. 내가 입음 딱 어울리겄어."

지은이 입고 있는 까만 바탕에 빨간 꽃이 새겨진 원피스를 보며 분식집 사장은 불룩 나온 배 아래 걸쳐 있는 자신의 핑크색 꽃무늬 앞치마를 어루만진다. 사장의 주름지고 마디가 두툼한 손을 보며 지은은 그리운 기억이 떠올라 가슴이 욱신, 저리다.

"엄마, 마음이 없으면 어떻게 돼?"

"음, 사랑도 기쁨도 슬픔도 아무 감정도 느낄 수 없게 되겠지?"

"슬프지 않으면 좋은 거 아니야?"

"슬픈 일이 있었어?"

"아니, 책에서 슬픔이랑 아픔이란 감정을 읽었어. 그래서 궁금했어."

"만약에 말이야, 마음이 아프면 꺼내서 얼룩을 지우고 햇볕에 널어 잘 말리면 돼. 다음 날이면 깨끗하게 마른 마음으로 편안해질 거야."

"마음을 꺼낼 수 있어?"

"꺼낼 수 없으면 이렇게 종이에 마음을 그리면 어떨까?"

"좋아! 그런데 마음이 아프면 엄마가 안아주면 되잖아."

반짝이는 맑은 눈으로 말을 하는 아이에게 대답 대신 등을 가만히 쓰다듬으며 토닥이던 엄마는 앞치마에서 쿠키를 꺼낸다. 노란 원피스를 입고 양 볼이 빨간 아이는 쿠키를 받아 들고 베어 문다. 쿠키 가루를 얼굴에 묻히고 양팔을 벌려 날 듯이 뛰어다닌다. 꽃바람이 회오리치듯 몰려와 아이를 감싼다. 빨간 꽃잎에서 뒹굴듯 놀던 아이는 꽃잎이 되어 사라진다.

"이 원피스 한 오십 세기 전에 샀어. 지금은 없을 거야. 다음에 봐, 아줌마."

검고 긴 속눈썹에 슬픔이 걸린 지은은 우리 분식 사장의 앞치마에서 시선을 거두고 그리운 기억에서 빠져 나와 계산을 마치고 가게를 찬찬히 둘러본다. 짧은 한숨을 내쉰 뒤, 이내 휴대폰을 꺼내 건물 주인의 번호를 하나씩 꾹꾹 누른 다음 통화 버튼을 누른다. 연결음을 들으며 분식집 옆 건물에 붙어 있는 낡고 바랜 간판을 발견한다.

〔마음 세탁소〕

〔모든 얼룩 지워 드립니다. 명품 드라이 크리닝〕

글자를 찬찬히 읽는다. 스티커가 벗겨져 글자가 비어 있기도 하다.

"세탁소라, 얼룩을 빼준다…. 마음에 있는 얼룩까지 세탁할 수 있나."

〔컴퓨터 크리닝, 최신 기계 시설 완비〕

"최신…기계 시설이라. 최신…은 딱히 아닌 거 같은데."

이미 폐업한 지 오래된 세탁소 내부를 둘러보며 지은은 무언가를 결심한 듯 결연한 표정을 짓는다. 구겨진 옷을 다리듯 마음을 다리면 어떨까. 그런데, 마음에 진 얼룩을 빼면 완전히 행복해질 수는 있을까? 검고 깊은 지은의 눈동자가 빛나기 시작한다.

여기라면 가능하겠다. 눈을 감고 무언가를 구상하는 지은의 심각한 표정이 조금씩 펴진다.

등 뒤로는 서서히 밤이 찾아온다. 어김없이.

어떤 마음은 조금만 다리면 펴지고, 어떤 마음에 진 얼룩은 지우지 않고 간직하는 편이 더 좋을 텐데. 어떤 마음은 구멍이 너무 많이 나서 세탁도 하기 전에 잔뜩 기워야 하고, 어떤 마음은 아무리 세탁해도 구정물이 멈추지 않을 텐데.

그 마음들을 안고 편안히 들어올 수 있는 공간을 상상한다. 지난 시절 지은의 곁에 있었던 이들과 대화를 나누던 순간에 가장 편안했던 장소를 떠올린다. 그리운 사람들을 떠오르게 하는 공간이 많다. 호숫가 근처의 춘복 이모네 이층집, 바닷가 앞의 영수 삼촌네 거실, 유럽 시골 마을에서 머물렀던 소피 할머니의 정원까지. 햇빛을 잘 받아 바삭하게 마음의 얼룩이 마르도록, 온통 해가 잘 들어오는 방향으로 지어야지.

가장 기억에 남는 소피 할머니의 집은 사람들이 매일같이 드나들었다. 수백 년은 넘게 자랐을 큰 나무가 정원 한가운데에 있었고, 그 아래서 동네 사람들은 일상을 나누고 음식을 나누었다. 할머니의 집처럼 사람들이 매일 이곳으로 올 수 있다면, 그늘이 되어주고 쉼이 되어주는 곳이라면 어떨까. 지은은 골몰히 생각하느라 자신이 슬며시 미소 짓고 있는지도 모른 채 눈을 감고 꿈을 꾼다.

호두나무로 만든 튼튼한 목재 집에 사계절 푸른 정원이 있는 2층짜리 건물을 만들어야겠다. 겉은 유럽 식이고, 속은 한옥의 서까래를 넣어 만들어볼까!

"이곳에 들어오면 마음을 회복해서 돌아가는 거야. 마음의 얼룩을 세탁해서 나무의 나이테처럼 마음 나이테를 만들어 돌아가면 좋겠어."

일곱 개의 나무 계단을 지나면 동백이 흐드러지게 핀 동그란 아치형 입구가 나온다. 오래된 나무로 만든 문을 열고 들어서면, 비밀의 정원으로 들어서듯 문 밖과 다른 세상이 펼쳐진다.

“언덕에 있으니 낮에는 따듯한 해가 종일 들어오고 밤에는 은은한 달빛이 비출 거야.”

모두가 잠이 든 깊은 밤, 커다란 꽃이 피어나듯 마음 세탁소가 조용히 빨간 빛 속에서 생겨난다. 한 잎, 한 잎, 웅크리고 있던 몽우리에서 꽃잎들이 기지개를 켜듯 한 층씩 건물이 피어난다.

1층은 세탁물을 받는 공간과 차를 우려내는 공간을 겸해 높은 바 테이블을 만든다. 2층은 세탁실이다. 이곳에서 마음의 얼룩을 빼고 구겨진 마음을 다림질해야 하니 장식은 최대한 배제한다. 기계 세탁실과 다림질 공간을 만들고, 기다리는 이들이 쉴 수 있도록 4인용 테이블 두 개를 배치한다.

“아, 조명을 달아야지.”

실내는 속내를 털어놓기 부담스럽지 않도록 편안한 노란 조명을 달고 조도를 낮춘다. 민낯이 환히 보이는 빛보다는, 마음을 숨길 수 있는 어두운 여백이 편안할 테니.

2층으로 이어지는 계단 구석으로는 사람 한 명이 겨우 올라갈 법한 동그란 철제 계단을 설치한다. 철제 계단을 타고 올라가면 펼쳐지는 옥상 정원 한가운데에는 손님들을 위한 빨랫줄을 걸고, 자신을 위한 빨랫줄도 건다.

지난 시절에 누군가의 슬픔을 듣고 위로를 건넨 날이면 지은은 집으로 돌아와 그들의 이야기를 떠올리며 빨래를 했다. 조물조물, 세제를 넣고 빨래를 주무르고 하얀 거품을 바라봤다. 빨래를 물에 헹궈낼수록 거품과 함께 옷에 묻은 먼지와 때들도 물에 흘러 내려갔다. 빨래가 끝나면 그들의 슬픔과 아픔도 깨끗이 지워지길 바라며 빨랫감을 탈탈 털어 널었다. 빨래를 걸어두고 물이 뚝뚝 떨어지는 장면을 멍하니 보고 있으면, 세상의 모든 감정의 찌꺼기들도 같이 말라가는 기분이 들었다. 지은이 간절한 마음으로 빨래를 한 다음 날이면, 어두웠던 이들의 표정은 말끔하게 펴 있었다. 구름이 걷힌 말끔한 하늘처럼.

"마음 세탁소를 다녀가면 당신들은 편안해질 거야."

편안함이 가득한 공간이 되길 바라는 지은의 간절한 바람으로 동네에서 가장 높은 언덕에 마음 세탁소가 그렇게 탄생했다.

"…다행이다."

감았던 눈을 뜨고 세탁소를 바라본다. 오랜만에 쓰는 실현 마법이 통하지 않을까 조마조마했다. 언젠가부터 지은은 생을 끝내고 싶어 간절히 늙어가길 바랐지만 이루어지지 않았다. 젊음의 육체로 반복해 태어난다는 것은 사랑하는 이들을 잃은 것과는 또 다른, 찢어질 듯한 고통이다. 심지어 바로 직전의 인생에서는 지은이 부여받은 능력으로 무언가를 해내려고 아무리 꿈을 꿔도 이루어지지 않았다. 이 생은 또 다른 능력을 부여받은 생인 걸까. 잔뜩 지친 기색이 역력한 지은은 낮은 한숨을 쉬며 세탁소로 발걸음을 옮긴다.

하나, 둘, 셋, 넷, 다섯, 여섯, 일곱.

일곱 개의 나무 계단을 천천히 올라가 입구 앞에 선다. 건물을 피워낸 빨간 꽃 바람이 지은의 발밑으로 몰려와 지은이 입은 원피스 무늬 속으로 빨려 들어간다.

고요한 밤이다. 문을 열고 불을 켜자, 생각했던 대로 실내는 조명의 노란 빛으로 따뜻함이 감돈다. 나무 냄새를 맡으며 숨을 쉬자 서서히 마음의 귀가 열린다. 어떤 이들의 말소리가 가까이 있다. 마음이 들려주는 이야기에 집중하던 지은이 바 테이블의 주방 안쪽으로 움직인다.

한동안 만들지 않았지만 오랜만에 정성껏 위로 차를 우려내야겠다. 이 차를 마시면 사람들의 마음 속 작은 주름이 펴지고 잠시나마 편안해진다. 오늘처럼 깊은 밤에 누군가는 따뜻한 차 한 잔의 위로가 절실히 필요할 것이다.

아니, 어쩌면 오늘은 나 자신에게 더 필요할지도.

"할 수만 있다면 마음을 통째로 꺼내서 박박 빤 다음에 다시 집어넣고 싶어."

연희는 가파른 계단을 오르며 중얼거렸다. 사방이 슬프도록 아름다운 계절이다. 5월이고, 초록이 가득하고, 꽃 향기가 훈풍을 따라 사방으로 퍼지는 아름다운 밤이다.

"마음을 어떻게 꺼내지? 심장을 꺼내면 그게 마음인가?"

노트북이 무겁게 어깨를 짓누르는 백팩을 고쳐 메고 숨을 헐떡이며 재하가 묻는다. 마음에 형체가 있었던가. 그렇다면 한번 꺼내서 만져보고 싶다고 생각한다.

"만약에 말야. 만약에 괴로웠던 기억을 다 지워버리면 행복해지지 않을까? 마음이 너무 아파서 계속 그 생각만 나잖아. 근데 밥도 먹고, 일도 하고, 친구도 만나. 분명 나는 웃고 있는데 마음은 욱신거려. 일을 하는데 마음이 욱신거려. 이거만 없음 살 거 같은데."

계단의 중간쯤에 멈추어 선 연희는 긴 넋두리를 내뱉고 천천히 숨을 쉰다. 들숨에 온기를 넣고 날숨에 찬기를 빼고 싶은데 반대로 된다. 숨 쉬는 것마저 뜻대로 안 되는구나.

"그거 알아? 마음도 물건처럼 많이 쓰면 닳아 없어지는 거 같아. 요즘은 닳다 못해 형체가 사라진 기분이야."

"마음이 닳는 것 같은 기분 잘 알지. 이렇게 살아 뭐 하나 싶네. 의미 없다."

이번에는 재하가 말했다. 재하는 도통 살아 있음에 의미와 행복을 느끼지 못한다. 자기 삶을 사랑하며 사는 사람들은 대체 어떤 기분일까? 얼마나 빛나는 사람일까? 늘 궁금하다.

"눈 떠지니까 뜨는 거고, 사니까 살아지는 거야. 넌 안 그래?"

재하는 가방 앞주머니에서 오징어를 꺼내 입에 넣으며 눈을 가늘게 뜨고 밤하늘을 올려다본다. 반짝이는 별을 세며 우물우물 오징어를 씹는다.

재하의 말을 듣고 연희는 고개를 오른쪽으로 내리며 폴 발레리의 문장을 생각한다.

'바람이 분다. 살아야겠다.'

스치는 바람에도 살아야 하는 이유가 생기는데 우리는 왜 이렇게 사는 게 힘든 걸까. 재하와 연희는 가로등이 깜빡거리는 계단의 중간에 나란히 걸터앉아 말없이 밤의 고요에 잠겨 있다.

"오늘은 하늘은 맑은데 달이 없네."

재하는 차가운 시멘트 계단의 냉기에 소름이 돋아 엉덩이를 두 손으로 부여잡는다. 사는 일이 시멘트에 닿은 엉덩이 만큼 차고 고되지만 손바닥만큼의 온기는 느끼고 싶다.

"어어, 잠깐만. 연희야 지금 저거 뭐야?"

재하는 등 뒤에서 벌어지는 광경에 자지러지게 놀라 연희를 붙잡고 벌떡 일어선다. 연희와 재하는 동시에 서로를 끌어안다시피 잡는다. 눈을 뜨고 보고 있지만 믿기지 않는 풍경에 둘은 동시에 생각한다. '드디어 우리가 미치기까지 한 건가?'

계단 가장 꼭대기에 있는 분식집에서 새빨간 꽃이 바람을 타고 회오리치고 있었다. 자세히 보니 분식집 바로 옆으로 동백꽃이 빠르게 휘몰아치고, 소용돌이 안에서는 건물이 올라가고 있다.

"피어나, 건물이…."

"그러게, 피어나네…!"

"우리 지금 혹시 동시에 꿈꾸고 있어?"

"그런가? 꿈속에서 만난 건가?"

어쩌면 손을 잡고 저 꽃잎 속으로 빨려 들어가도 아름다울 것 같다. 마주 잡은 두 손에 땀이 차오른다. 순식간에 빨간 꽃잎 사이로 주택을 개조한 느낌의 2층짜리 건물이 생겨났다. 꽃에서 나무가 피어난 마냥 충격적인 장면이었다.

"재하야… 원래 저런 건물이 저기 있었지?"

연희는 양손으로 눈을 벅벅 비비며 물었다.

"내가 알기론 없었어."

"우리 사는 게 팍팍해서 정신까지 이상해진 건가?"

"그럴 수도 있을 거 같아."

"가보자."

"응?"

"가보자고."

"내가 알…."

재하를 끌어당기며 연희는 계단을 마저 올라 건물 가까이 다가갔다. 때론 1초가 천 년처럼 느껴지기도 하는데 지금이 그렇다. 계단을 올라 바라본 낡은 간판 앞에서 억겁의 세월이 흘러가는 듯하다.

연희는 낡은 간판에 쓰인 글씨를 또박또박 힘주어 읽었다.

"마음 세탁…소?"

"간판이 낡은 거 보니까 이 세탁소가 전에도 여기 있던 건가 봐."

"그러게, 우리는 왜 이제 봤지?"

〔명품 드라이 크리닝. 무슨 얼룩이든 빼드립니다.〕

색이 바래 찢겨 나간 시트지의 글자를 천천히 읽으며 오른쪽으로 고개를 돌린다. 〔우리 분식〕은 그대로다. 불이 꺼진 매장 안을 들여다보려 손으로 망원경 모양을 만들고 창문에 붙어 요리조리 내부를 살핀다. 끈적하게 기름때가 묻은 빨간 테이블, 지저분한 쿠킹 호일, 대놓고 조미료를 들이붓는 식당 아줌마의 양념통도 그대로다. 팔고 남은 눅눅한 튀김까지 쌓여 있다.

"우리 동네 식당 없어서 밥 사먹을 데 없는데, 여기 김밥 진짜 배고플 때 아니면 못 먹잖아. 조미료를 쓰는데도 맛이 없을 수가 있어."

불 꺼진 내부를 살피던 재하가 말했다. 둘은 동시에 분식점에서 세 걸음 물러서 다시 건물을 올려다본다. 맞는데, 아니다. 아닌데, 맞다. 오늘은 달이 없는 밤이니까 맞다고 믿는 쪽이 맞을지도 모르겠다. 때론 어떤 절실한 믿음이 현실로 이어지기도 하니까.

두 사람은 한순간 나타난 건물 앞에서 입을 다물지 못하고 휘둥그레진 눈으로 서 있다. 그 순간 꽃 향이 섞인 바람이 불어온다. 초록 내음이 진하게 섞인 바람이다.

마음의 얼룩을 지우고,
아픈 기억을 지워드려요.

당신이 행복해질 수 있다면
구겨진 마음의 주름을 다려줄 수도,
얼룩을 빼줄 수도 있어요.

모든 얼룩 지워드립니다.

오세요, 마음 세탁소로.

-주인 백-

바람을 타고 두 사람 앞에 섬광처럼 종이가 날아든다. 먼저 종이를 잡은 연희가 천천히 글을 읽어 내려가는데, 왼쪽 심장 한편이 욱신거린다. 한손으로는 종이를 들고 다른 손으로는 욱신거리는 심장을 연신 문지른다.

"있지, 재하야. 나, 희재에 대한 기억을 지울 수만 있다면 다시 웃을 수 있을 것 같은데."

눈을 감고 크게 숨을 들이키는 연희를 재하는 가만히 바라본다. 연희의 어깨에 가만히 팔을 올린 재하는 종이의 다른 편을 잡고 눈을 감는다.

"상처를 지울 수 있으면, 그럴 수만 있다면 마침내 오고야 말 행복을 우리도 만날 수 있을까?"

재하가 혼잣말을 중얼거리던 순간, 스르르 하고 세탁소로 들어가는 문이 저절로 열린다. 문이 열렸으니 선택은 이제 두 사람의 몫이다. 기이한 밤을 따라 흘러갈지, 이대로 뒤돌아 집으로 돌아갈지.

두 사람은 동시에 발을 내딛는다. 어느 방향일까.

"하아암, 어서 와."

잠에 취한 지은이 세탁소로 들어오는 두 사람의 인기척을 느끼고 일어나 내려왔다. 순식간에 눈앞에 나타난 지은을 보고 놀란 연희와 재하를 보며 지은은 검고 긴 머리를 쓸어 올리며 바 테이블 앞으로 오라고 손짓을 한다.

"갑자기 나타나서 놀랐지? 여기선 걸어 다니려고 했는데 오랫동안 습관이 돼서. 차 우려놓길 잘했네. 일단 앉아서 마셔."

연희와 재하는 엉거주춤한 자세로 지은을 바라본다. 마음의 얼룩을 지우고 싶다 생각했더니 낯선 공간의 문이 열렸고, 웬 여자가 나타나 차를 마시라고 한다. 재하는 이 생에 잘못한 일들을 되새긴다. 아무리 그래도 죽을 만큼의 잘못은 아닌 것 같은데. 헛것이 보이나.

"괜찮아, 여기 세탁소야. 전단지 보고 들어왔지? 내가 직접 쓴 건데. 원래 글을 좀 쓰거든. 놀라지 말고 여기 앉아."

하얀 도자기에 위로 차를 천천히 우려내며 지은은 연희와 재하를 바라본다. 그들의 슬픔을 마음으로 읽는다. 아픔이 느껴진다. 얼마만큼의 얼룩을 지워내야 할지 가늠하며 작은 찻잔에 따뜻한 차를 졸졸 따른다. 다림질로 해결될 만큼만 구겨진 마음이면 좋을 텐데.

연희는 지은이 건네는 차를 받아 들며 바 테이블에 앉는다. 저 여자는 이십 대인 것 같기도 하고 삼십 대 혹은 사십 대인 것 같기도 하다. 한쪽의 얼굴은 이십 대고 한쪽은 나이든 노인의 얼굴 같기도 하다. 묘하게 슬픈 분위기의 여자가 보자마자 반말을 내뱉는데 이상하게 친근하다. 표정과 말투는 시크한데 희한하게 다정하다. 대체 뭐지, 어디서 본 적 있는 여자인가…. 이 동네 살던 여잔가? 밥도 안 먹고 사는지 젓가락처럼 마른 몸으로 차를 우려내러 걸어 다니는 모습이 사뿐사뿐 가볍다. 걸음 하나하나가 꽃잎이 움직이는 모습 같다. 예쁘다기보다는 되게 매력적이랄까. 아니, 그게 예쁜 건가. 아무튼 묘한 여자다.

연희는 지은을 힐끔거리며 덜덜 떨리는 손으로 차를 한 모금, 두 모금 마신다. 마음이 조금씩 편안해진다. 아직 서 있는 재하를 끌어당겨 자리에 앉히고 눈길로 차를 권한다. 어릴 때부터 동네에서 나고 자란 두 사람은 눈빛으로 대화하는 데 익숙하다.

'마셔봐.'

'뭐 들어 있는 거 아니야?'

'뭐 들어 있음 어때. 지금 우리 현실보다 더 구리겠어.'

'하긴.'

고개를 끄덕이며 재하는 백팩을 테이블에 내려놓고 앉

아 찻잔을 받아든다.

차를 몇 모금 마시며 두 사람은 주위를 둘러본다. 겉에서 보기엔 사진으로 보던 프로방스 어드메 시골 카페 같은데, 안으로 들어오니 20평 남짓한 공간에 내부는 한옥 느낌이 나서 고즈넉하고 편안하다. 어쩐지 들어오고 싶더라니 막상 들어오니 더 좋다. 천장이 통창으로 되어 있어 달빛이 고스란히 들어온다. 가만, 언제 달이 떴지? 아까는 달이 없었는데.

"밤인데도 햇살이 내리쬐는 나른한 기분이 들어요. 여기 왠지 따스하고 여유로워요."

연희는 따스한 무드의 원목 책장 앞으로 걸어간다. 잎이 큰 식물과 작은 식물이 조화롭게 배치되어 있고, 가구들은 원목의 따스한 무드로 마음을 편안하게 한다. 다시 찻잔을 들어 보니 눈썹달이 잔에 담겨 있다. 잔에 비치는 달과 2층의 전경이 그림 같다. '그림 같다'는 말은 이럴 때 쓰는 거구나. 2층엔 뭐가 있을까 궁금해진 연희는 다시 지은을 향해 걸어와 한껏 호기심 어린 얼굴로 묻는다.

"그런데, 여기 세탁소 맞아요?"

"맞아, 세탁소. 참고로 세탁비는 안 받아. 마음의 빚으로 후불이야."

"빚이요? 저 지금도 대출 많은데… 아직 학자금 대출도 못 갚았어요."

"그런 빚 말고. 지금 지우고 싶은 마음의 얼룩이나 다리고 싶은 구겨진 부분 있지? 여기서 그걸 다려주면 마음 편안하게 살다가, 낯선 타인이 도움이 필요해 보이면 대가 없이 도와줘. 그게 세탁비야. 오케이?"

"막 동화에 나오는 천사 느낌은 아니신데… 좋은 일 하시네요?"

차를 마시던 재하가 키득거리며 말한다.

"……."

연희는 말없이 재하를 흘깃 노려보고 서랍에서 하얀색 반팔 티셔츠 두 개를 꺼내는 지은의 곁으로 간다. 어떤 사람이 좋으면 그저 곁에 있기만 해도 좋을 때가 있다. 처음 보는 이 여자가 왠지 모르게 좋다. 이상해 정말. 이상한 밤이야.

"둘 다 하나씩 받아. 오랫동안 아파서 얼룩진 마음이나, 조금 구겨져서 다림질이 필요한 마음이 있으면 입어봐. 대신 마음을 지우면 그 시절의 기억도 지워져. 그러니까 지워져도 될 기억인지 잘 선택해."

"얼룩진 마음이면 기억이 지워지는 게 더 좋은 거 아닌가요? 불행하지 않잖아요."

재하가 웃음기를 거두고 지은이 건네는 티셔츠를 양손으로 공손히 받아들며 진지하게 묻는다. 지은은 속을 알 수 없는 검은 눈동자를 내리깔며 대답 대신 고개를 가로젓는다. 고개를 두어 번 흔들던 지은은 바 테이블에서 걸어 나와 1층 거실의 통창 앞에 서서 밤하늘을 보며 말한다.

"불행하지 않으면 좋은 거야?"

"불행하지 않다면 행복한 거 아닌가요?"

"삶에서 불행을 빼면 행복만 남아?"

"…그렇지…않을…까요?"

"하루 중에 불행과 행복 딱 두 가지 감정만 느껴?"

"아니요! 두 가지만 느끼면 어떻게 살아요!"

"그럼 어떤 감정들을 느껴?"

"뭐 졸리고 짜증나고 배고프고 일 가기 싫고 집에 있는데도 집 가고 싶고 뭐 그래요. 가끔 살아 있는 거 느끼고 싶으면 오징어 씹어요. 한참 씹어도 질겨요. 제 인생 같아요. 질겅질겅 씹어도 잘리지를 않아요. 또 그렇게 한참 씹으면 이빨 아파서 확! 짜증나잖아요? 그럼 살아 있는 거 같아요. 웃기죠…. 이게 불행인지 행복인지 사실 그것도 잘 모르겠어요."

진지하게 랩을 하듯 말을 쏟아낸 재하는 스스로 당황한다. 연희 말고는 남에게 속을 털어놓는 일 없이 실실 웃고 다니던 재하였다. 웃는 사람에게는 돌을 못 던진다고 했으니 눈앞에 있는 사람들이 죄다 짜증나고 싫어도 웃었다. 행복이라는 게 뭔지는 모르겠지만 최소한 오늘 하루 욕을 덜

먹자는 게 재하 삶의 모토였다. 그런데, 처음 만난 여자에게 왜 이렇게 속을 내보이는 건지.

"어떤 아픈 기억은 지워져야만 살 수 있기도 하고, 어떤 기억은 아프지만 그 불행을 이겨내는 힘으로 살기도 하지. 슬픔이 때론 살아가는 힘이 되기도 해."

군더더기 없이 담백한 지은의 말투를 들으며 티셔츠를 멍하니 바라보던 재하가 잔에 담긴 차를 크게 한 모금 마시고 지은에게 받은 옷을 입는다. 장난기 가득하던 재하의 얼굴에 웃음이 거둬진 지 오래다. 티셔츠를 입는 재하를 바라보며 연희는 눈을 감는다. 어떤 말을 시키건 술술 하고 싶은, 잊은 게 아니라 외면하고 살던 기억이 절로 상기되는, 오늘은 그런 밤이다.

"지우고 싶은 얼룩인 거야, 조금 다려주면 되는 주름인 거야?"

한참 멍하니 말이 없는 재하를 향해 지은이 묻는다. 재하는 대답 대신 고개를 푹 숙인다. 지우고 싶은 건지, 다리고 싶은 건지 잘 모르겠다. 그런 재하를 보며 지은은 일어나 2층 계단을 향해 걸어간다.

"남은 차 마저 마시고 따라 와."

"……네…."

잔에 얼마 남지 않은 차를 모두 마신 재하는 연희를 바라본다. 연희는 재하를 보며 단단한 눈빛으로 고개를 끄덕,

한다. 연희는 재하의 가방을 열어 책을 꺼내 아무 장이나 펼쳐 읽기 시작한다. 재하는 천천히 2층으로 올라간다.

2층 창가에는 커다란 세탁기가 두 대 있었고 은색 재봉틀과 다리미가 있는 판이 있다. 신기하게 세탁기와 다리미가 있는데도 카페 같은 느낌의 공간이다. 원목 가구들과 노란색 조명이 마음을 편안하게 해줬다. 네 개의 테이블과 두 개의 소파가 있다. 재하는 가장 가까운 소파에 털썩 주저앉는다.

"눈을 감고 지우고 싶은 기억을 떠올려봐. 그럼 서서히 입고 있는 옷에 얼룩이 생길 거야. 진짜 그 기억이 지워져도 되는지 그 티셔츠를 벗을 때까지 잘 생각해. 선택도 결과의 책임도 네 몫이야."

"제가 이걸 벗어드리면 그 다음은요?"

"날 믿어. 금방 깨끗이 지워줄게."

지은은 세탁기가 있는 쪽으로 오른손을 들며 말한다. 사실 얼룩을 지울 수 있는 방법은 많지만, 얼룩이 묻은 옷을 세탁기에 넣는 건 작은 배려다. 명색이 마음 세탁소니까. 위로 차와 털어놓음만으로도 얼룩을 지워줄 수 있지만, 간직과 지움 사이에서 선택할 수 있도록 시간을 벌어주는 셈이다.

"세탁이 끝나면 얼룩은 지워질 거야. 원래 없던 일인 것처럼 말끔하게 그 부분만 싹 지워지지. 지워서 좋은 마음이 있고, 간직해서 좋은 마음이 있으니 잘 판단해. 원래 내가 가지고 있을 땐 뭐가 좋고 나쁜지 모르니까."

눈을 감고 있는 재하를 보며 지은은 소리 나지 않게 나와 옥상 계단을 향해 올라가 남은 하루의 시간을 짐작한다. 시계를 보지 않는 지은은 빛과 하늘을 보며 시간을 가늠한다. 달은 가장 오래된 시계니까.

"종일 밝게 웃는 사람들 보면 왠지 마음이 짠해. 욱신거려. 종일 웃을 수 있는 사람이 어딨어. 웃음 뒤에 슬픔을 감추어야만 살 수 있으니까 웃는 거지. 마음에 얼룩으로 남은 아픔을 지워야만 숨 쉴 수 있는 사람도 있어."

마냥 웃던 재하를 떠올리며 혼잣말을 하던 지은은 팔짱을 끼고 서서 재하처럼 두 눈을 감는다. 숨을 크게 들이쉬며 양팔을 벌려 날갯짓을 하듯 길게 뻗는다. 등에서 진짜 날개가 돋아 금방이라도 날아가버릴 것처럼.

그런 지은의 뒷모습을 어둠 속에서 누군가 물끄러미 지켜보고 있다.

〔연자 씨 점심 먹었어? 끼니 거르지 말고 살살 일해!^^〕

기사 식당에서 찬모로 일하는 엄마에게 메시지를 보낸 재하가 휴대폰을 주머니에 넣고 기지개를 켠다. 지하 단칸방에서 석 달 전 촬영한 영화를 편집하다, 쓰러져 잠들었다가, 일어나 라면 하나 끓여 먹고, 다시 편집하기를 반복하던 날들이다. 얼마 만에 지하에서 밖으로 나와 햇빛을 보는 건지. 덥수룩한 수염을 만지며 목 뒤로 길게 자란 머리칼도 만진다. 모자를 슥 고쳐 쓰고 한쪽 눈만 뜨고 하늘을 본다. 눈이 부시다. 재하가 가장 빠르게 기분 좋아지는 방법은 하늘을 보는 것이다. 언제 어디서나 볼 수 있고, 넓고 탁 트인 하늘을 보는 데는 돈이 들지도 않으니까. 하늘은 적당한 거리에서 늘 곁에 있다. 너무 가깝지도 멀지도 않게.

"아우 씨… 오늘따라 더럽게 파랗네. 아니지, 파란데 더럽게 파랄 순 없지. 오늘따라 무지하게 맑고 파랗네."

감았던 한쪽 눈을 뜨고 30미터 앞에 있는 편의점을 향해 걸어간다. 재하는 4년제 지방 공대를 중퇴하고 예술학교에 들어갔는데, 졸업 작품으로 만든 단편영화가 유럽의 작은 영화제에서 상을 받게 되면서 촉망받는 영화감독으로 떠들썩하게 소개됐다. 교수님과 동기들의 기대를 한 몸에 받으며 언론에서 주목하는 신예 감독이 됐다. 존재에 대한 고찰을 주제로 한 실험성 강한 소재로 '포스트 박찬욱'이라는 얘기를 들으며 기대를 한몸에 받았다. 가끔 텔레비전 프로그램에 얼굴을 비추기도 했다. 재하는 세상을 다 가진 기분으로 한껏 들떠 있었다.

하지만 재하는 그 이후 영화를 한 편도 만들지 못했다. 주변의 기대가 큰 만큼 더 멋진 영화를 만들고 싶었지만 시나리오가 나오지 않았다. 한 글자도 써지지 않았고, 사실 만들고 싶은 이야기도 없었다. 식당에서 일하는 엄마의 돈을 받아 쓰던 재하는 그렇게 2년을 보내다 결국 건설 현장 막노동과 배달 아르바이트를 시작했다. 연자 씨가 무릎 연골 수술을 받고도 진통제를 세 알씩 입에 털어 넣으며 일을 나가는 모습을 보고 있을 수만은 없었기에. 그렇게 돈을 모아 드디어 영화를 만들러 지하 단칸방을 구해 나왔다. 상을 받은지 5년 만에 만드는 영화였다.

〔밥 먹었지~~ 아들만 취직하고 결혼하면 엄마는 더 바랄 게 없어.〕

지이잉. 편의점 야외 테이블에서 진동이 느껴진다. 7첩 반상 도시락 위에 놓인 휴대폰이 울린다. 연자 씨의 메시지를 확인하며 재하는 캔맥주를 벌컥벌컥 마신다. 크- 술은 역시 낮술이지.

"연자 씨, 취직하고 결혼하고 그게 어디 쉽나요. 저도 뭐라도 하고 싶네요. 조금만 기다려. 내 이번 영화 크게 터뜨려서 연자 씨 호강시켜 줄게!!"

양 어깨를 실룩실룩 번갈아 흔들며 도시락 뚜껑을 열고는 연자 씨를 향해, 세상을 향해 소리친다. 재하는 밥을 꾸역꾸역 입에 밀어 넣으며 미래를 생각하며 웃었다.

"맨날 죽상으로 오더니 오늘은 기분이 좋은가 보네, 총각. 천천히 먹어!"

대기업 퇴직 후 동네에 편의점을 차린 사장 아저씨가 재하를 보며 테이블을 정리한다.

"역시 편의점 도시락은 여기가 제일 맛있다니까. 아저씨는 식사 하셨어요?"

"난 이따 폐기 나올 시간에 먹어야지. 아깝잖어~ 총각도 하나 줄까?"

"아니요, 저는 오늘 괜찮아요. 아저씨 폐기 너무 드시지 마시고 건강 챙기셔야지!"

"편의점 도시락 건강에 안 좋다는 거 다 옛날 말이야. 이거 봐봐, 우리 집 도시락은 저염에다가 5대 영양소가 풍부하게 들어 있다고! 하나 줄까?"

"정말 그렇네, 염분 함량이 낮게 표기되어 있구나. 이야, 역시 세상이 갈수록 살기 좋아져. 주세요!"

컵라면 두 개를 사서 편의점 아저씨가 준 폐기 도시락과 함께 비닐봉지에 담아 슬렁슬렁 집으로 돌아온 재하는 다시 일주일을 영화 편집 작업에 매달렸다. 수상 이후 첫 작품이라 주변의 기대에 부응하고 싶었다. 하지만 인생은 대부분 나를 배신한다. 원하는 것은 기막히게 주지 않고, 원하지 않는 것만 지겹게도 준다. 어느 스타 강사가 좋은 일 다음엔 나쁜 일이 오고, 나쁜 일 다음엔 좋은 일이 시계추처럼 온다고 말했는데… 재하의 인생은 시계추가 아닌 타종처럼 나쁜 일만 한쪽 방향을 향해 연속으로 탕탕 치는 것만 같았다.

"이게 영화야?"

"감독은 대체 무슨 생각으로 이런 영화를 만든 거야?"

"시간 아깝고 돈 아까워."

서울의 작은 예술 영화관 두 군데서 개봉한 재하의 영화는 개봉 첫날부터 관객들의 혹평을 받았다. 해외의 모든 영화제에 출품했지만 낙선했다. 지인들은 작품성이 있는 영화라며 재하를 위로했지만, 말과는 다른 눈빛의 언어를 읽을 수 있었다.

오래전 집을 나간 아버지의 짙은 청바지 끝단이 왜 하필 지금 떠오른 걸까. 아버지라는 사람만 가장 역할을 제대로 해줬더라면, 막노동 같은 거 하지 않고 영화에만 전념할 수 있었을 텐데. 집을 나가서 생활비라도 제대로 부쳐줬더라면. 아니, 애당초 내가 공대를 자퇴하지 말고 영화를 취미로만 즐겼다면… 그리고 예술학교에 입학하지 않았더라면… 연자 씨가 바라는 대로 대기업에 취직하거나 공무원 시험 준비를 했더라면…. 아니, 영화 실패 후 광고대행사에 들어가지 않았더라면… 차라리 유튜브 피디를 했더라면… 아니, 그냥 태어나지 않았더라면….

재하는 자신의 실패에 갖다 붙일 수 있는 온갖 핑계란 핑계를 끌어모으고 있었다.

가장 원망스러운 건, 아무도 없는 캄캄한 집에서 식당 일을 마치고 밤 늦게 들어오는 연자 씨를 기다리는 동안 영화를 보며 무서움과 외로움을 달래던 그날들인 것 같기도 하고.

"대체 이 중에서 어떤 얼룩을 지우고 싶은 거야?"

원래 인간의 마음은 아기 궁둥이처럼 보송하고 보드라운데, 살아가는 동안 이리 다치고 저리 다치며 얼룩덜룩해진다. 얼룩이 겹겹이 새겨지기도 때론 구겨지기도 하는데, 어떤 얼룩은 서서히 사라지기도 하고 어떤 구겨짐은 자연스럽게 펴지기도 한다. 살아가는 데 힘이 되어주는 얼룩은 마음의 나이테가 되지만, 자연스레 사라지지 않는 얼룩은 간직할수록 상처나 아픔 혹은 결핍 같은 것들이 되어 나타난다.

유난히 밝게 웃던 재하의 웃음을 보며 지은은 달의 이면을 생각했다. 언제 죽어도 괜찮다는 눈빛은 겪어본 사람만이 알아볼 수 있기에 세탁소에 재하가 처음 들어오던 순간부터 신경이 쓰였다. 재하는 마음의 얼룩이 한두 개가 아닐 것 같아 밤하늘에게 기도하듯 주문을 외던 지은은 서둘러 내려왔다. 아니나 다를까, 하얗던 티셔츠는 여러 군데가 얼룩져 번져 있다.

“이거 다 지울 수 있어요?”

재하는 지은의 인기척을 느끼고 머쓱해져 옷 위에 겹쳐 입은 티셔츠를 벗었다. 괜찮은 척하고 살면 괜찮을 줄 알았는데 괜찮지 않았구나. 새하얬던 티셔츠에 물든 얼룩을 보며 재하는 마음이 놀라면서도 복잡해진다.

영화의 흥행 대참패 이후 작은 광고대행사에 비정규직으로 들어간 지 어느새 5년 차다. 사장은 매년 ‘올해는 정규직 전환 해야지’라고 말만 하면서 인사고과에 반영해주지는 않는다. 이제 서른 셋이 된 재하는 반지하 방과 비정규직을 벗어나고 싶다. 연애를 해도 이런 자신의 환경을 들키기 싫어, 관계가 깊어질 것 같으면 밀어냈다. 일부러 가볍고 짧게 만나고 헤어지기를 반복했다.

무엇부터 지워야 할까. 곰곰이 생각에 빠진다.

"인생을 다 지울 수 있는 건 아니야. 처음부터 리셋 하면 잘 살 수 있을 거 같지?"

"아… 어떻게 아셨어요…."

머쓱하게 머리를 긁적이던 재하는 지은의 시선을 피해 티셔츠만 만지고 있다. 지나온 시간의 모든 얼룩을 지운다면 행복해질 수 있을까 생각하던 중이었다. 얼룩으로 남은 아픈 마음을 지워준다는 저 여자의 정체는 대체 뭘까. 많게 봐야 또래로밖에 보이지 않는데, 눈빛은 천 년을 산 사람처럼 깊고 슬프면서 묘하게 따뜻하다. 온기 있는 슬픔이 느껴진다. 처음 보는 눈빛이다.

재하는 사람들의 눈동자를 관찰하는 습관이 있다. 입은 거짓말을 할 수 있지만 눈동자는 거짓말을 하지 못하니까. 말은 생각의 언어이기 때문에 거짓말을 하는 눈동자의 흔들림까지 막을 순 없다. '사랑해' 하고 입으로 말하지만 눈은 감정 없는 이들. '힘들어' 하고 말하지만 눈은 살아 있는 게 재밌어 죽겠다는 이들. '날 믿어'라고 말하지만 눈에는 진실 한 점 없는 이들. '엄마 금방 올게, 조금만 기다려줘' 하고 나간 연자 씨의 눈빛은 슬프고도 슬펐다. 연자 씨가 새로운 남자와 같이 산 뒤로는 그 슬픈 눈빛도 본 지 오래지만.

"하나만 지워. 다 지우면 인생에 뭐가 남겠어… 상처도 인생인데. 가장 아픈 얼룩 하나만."

지은의 눈빛은 흔들림이 없다. 눈빛과 말이 일치하는 순간. 재하의 몸이 전율하듯 떨린다.

"외로움을 지우고 싶어요."

"외로움?"

"…네…. 연자 씨가 일 나갈 때마다 밖에서 문을 잠그고 나가던 그날의 외로움이요."

정확히 기억나지는 않지만 재하가 서너 살 무렵에 아버지라는 사람이 집을 떠났다. 얼굴은 몰라도 재하가 붙잡던 청바지 끝단의 촉감은 기억한다. 가지 말라고 엉엉 울며 바짓가랑이에 매달려 있는 재하를 안아주지도, 떼어내지도 못하고 오래도록 서 있던 짙은 청바지의 색과 거친 듯 해진 그 촉감만 기억한다.

그렇게 아버지가 떠난 후 연자 씨와 재하는 겨우 둘이 누울 수 있는 쪽방에서 지냈다. 재하를 돌보아줄 사람이 없어 연자 씨는 하루 동안 먹을 걸 차려두고 요강을 방 안에 넣어주고 밖에서 문고리를 걸어 잠그고 일을 나갔다. 처음엔 문을 열어달라고 울며불며 소리쳤지만, 얼마 지나지 않아 어린 재하는 연자 씨가 그렇게 나갈 때마다 울먹인다는 걸 알았다. 그래서 울음을 멈추고 어디서 얻어온 텔레비전을 친구 삼아 하루를 보냈다. 방 안의 재하는 혼자였지만 텔레비전을 켜면 즐거운 사람들이 많았다. 또래 친구도 있었고, 멋있는 아저씨 아줌마들도 있었다. 그러다 지치면 의자를 끌고 창문 앞으로 갔다. 창밖으로 지나가는 사람들을 한참이나 바라보다 가로등에 불이 켜져도 연자 씨는 오지 않았다.

재하가 기다림에 지쳐 쓰러져 잠이 들 때쯤 연자 씨는 식당에서 남은 반찬을 검은 봉지에 싸 들고 조심스레 들어왔다. 재하는 냄새로 연자 씨의 귀가를 알았다. 고기 냄새, 숯불 냄새, 땀 냄새, 음식 찌든 냄새, 파스 냄새. 재하는 연자 씨의 냄새를 맡으며 그제야 안도하며 깊게 잠이 들었다. 지긋지긋하던 그 냄새. 재하는 어느덧 집안일을 스스로 해내는 어린아이가 될 수밖에 없었다. 연자 씨의 냄새 하나 덜어내고 싶어서.

"집에서 연자 씨가 오기를 기다리던 기억을 지우고 싶어요. 밖에서 자물쇠로 문을 잠글 때면 저는 늘 공포스러웠어요. 하지만 소리칠 수 없었어요."

"외로웠겠다. 많이 무서웠겠어."

"네. 가장 무서운 건 연자 씨마저 돌아오지 않을까 봐. 그게 가장 무서웠어요. 무서울 때면 머릿속으로 텔레비전에서 본 영화를 상상했어요. 생각하고 생각하고 또 생각하고. 그러다 보니까 이야기를 상상하고 영화를 만들고 싶어졌어요. 하하… 웃기죠. 영화를 만들게 된 계기가 이런 거라니."

"하나도 안 웃겨. 이런 건 웃긴 게 아니고 슬픈 거지."

"맞아요, 슬픈 거죠. 슬픈 걸 슬픈 거라고 말할 수 있는 게 얼마나 자유롭고 멋진 일인 줄 아세요? 그거 아무나 못 해요."

"……알지."

"사장님, 저 연자 씨가 문을 잠글 때 속으로 울었던, 그 얼룩을 지워주고 싶어요."

"슬펐던 네 얼룩이 아니고?"

"제 얼룩도 지우고 싶죠. 정확히는 다 이해 못하지만 커 보니까 알겠더라고요. 그렇게까지 해서라도 저를 지키고 싶어하던 연자 씨를요. 그때 연자 씨가 지금 제 나이보다 어렸어요. 스물아홉밖에 안됐더라고요. 허허. 저 지금 좀 멋지죠?"

"음… 뭐, 응. 기특하다."

슬플 땐 웃는 게 습관이 된 재하지만 미세하게 입꼬리가 떨리는 것까지 감출 수는 없다. 재하의 손에 들린 옷을 받아 들며 지은은 선심 쓰듯 말한다.

"오픈 기념 이벤트 해줄게. 원 플러스 원. 오늘은 네가 내 눈앞에 있으니 네 얼룩 먼저 지우고, 다음에 연자 씨 모셔 와. 잘해줄게."

"우왓, 정말이요? 연자 씨까지요?"

"응, 언제든. 자, 이제 시작이야. 지금 지워진 얼룩은 다시 너에게 생기지 않아. 세탁되면서 얼룩으로 인해 파생된 다른 일들도 함께 지워질 수도 있어. 괜찮아? 후회 안 해?"

"…네. 안 해요. 아니, 후회해도 괜찮아요."

재하가 결심한 듯 턱을 굳게 내리며 말한다. 지울 수 있다면 모두 지우고 싶다. 그날도, 영화를 만들게 됐던 날도, 영화가 사랑받았던 날까지 모두. 영화와 관련된 모든 씨앗은 무엇이든 지우고 싶다. 영화를 지우고 싶어 들여다보니 어린 재하의 아픔을 지우고 싶다. 어린 재하의 아픔을 지우려면 연자 씨의 아픔도 함께 지우고 싶다. 그날을 살아내던 모자는 매일 밤 손을 잡고 서로의 온기로 버텨냈으니까. 아침이 오지 않기를 매일 기도했다. 아침이 오면 연자 씨가 슬퍼하며 문을 잠그고 다시 일을 나가야 하니까.

지은은 세탁기 앞으로 가 안에서 밖으로 손을 뻗는다. 발레를 하듯 우아한 지은의 손짓을 따라 세탁기가 열리고 재하의 얼룩이 묻은 티셔츠가 빨려 들어간다.

하나, 둘, 셋, 넷, 다섯, 여섯, 일곱.

세탁 통이 일곱 번 돌아가는 걸 세며 재하의 눈가에 눈물이 고인다. 안녕, 외로움. 안녕, 어린 재하. 안녕, 영화를 사랑했던 시간들.

"인생에서 가장 중요한 게 뭔 줄 알아?"

세탁기가 돌아가는 방향으로 함께 서 있던 지은이 재하에게 묻는다. 재하는 대답 대신 지은을 물끄러미 본다. 재하의 대답을 기대하고 물은 건 아니었기에 지은은 말을 잇는다.

"숨 쉬기. 숨 쉬기가 제일 중요해. 숨 잘 쉬어야 살 수 있잖아?"

"의외네요, 숨 쉬기라니."

"숨 안 쉬면 어떻게 사니. 숨 잘 쉬어야 잘 살지. 숨 쉬고, 밥 먹고, 일하고, 낙담하고, 기뻐하고, 투닥거리고, 미워하고, 때론 사랑하고, 다시 일하고, 잠들고, 걷고, 숨 쉬고. 이게 기본이지. 잘 자고 잘 먹고 잘 웃기 위해서는… 숨 쉬는 게 기본이야."

"숨 쉬기라…."

"응. 숨이 잘 쉬어지면, 그때 문제를 마주하며 살아가면 돼. 문제 없는 인생은 없어. 인생에 문제가 생기면 극복해 나갈 뿐이야. 도망가고 해결하고 그런 게 극복이 아니고, 그 문제를 끝까지 피하지 않고 겪어내는 거. 그게 극복이야."

"끝까지 피하지 않는 게 극복이면 너무 힘들지 않나요?"

"물론 힘들지. 어렵고. 하지만 그렇게 겪어내고 난 뒤에 그 문제는 더 이상 문제가 아닌 게 되는 거야. 마음의 얼룩도 그래. 자기 얼룩을 인정한 순간, 더 이상 얼룩이 얼룩이 아니라 마음의 나이테가 되듯이 말이야.

사는 거, 너무 두려워하지 마. 그날까지 살아 있을지도 모르는, 장담할 수 없는 너무 먼 미래의 일도 생각하지 마. 미리 걱정하지 마. 그냥 오늘을 살면 돼. 오늘 하루 잘 살고, 또 오늘을 살고, 내일이 오면 또 오늘을 사는 거야. 그러면 돼."

"와… 사장님은 어쩜 그렇게 잘 알아요? 사장님 아무리 나이 많게 봐도 저보다 조금 많으실 거 같은데, 인생 천 년은 산 사람처럼 말하네요!"

재하의 말에 지은이 희미하게 웃는다. 녀석, 제법 똑똑하네. 천 년보다는 오래 살긴 했다만.

그때, 세탁기가 덜컹 하고 열리며 건물이 피어나던 순간의 환영처럼 빨간 꽃잎이 회오리치며 빛처럼 일자로 뻗어 나와 재하 앞으로 옷을 가져온다. 재하는 머뭇거리며 꽃잎 위에 있는 옷을 바라본다. 가장 짙은 얼룩은 지워졌고 다른 얼룩은 조금 희미해졌다. 꽃잎은 재촉하듯 재하의 손 주변을 빙글빙글 돈다.

"옷 받아서 옥상으로 올라가서 빨랫줄에 걸어놔. 내일 해가 뜨면 옷이 바싹 마르고, 지우고 싶던 마음의 얼룩이 지워질 거야."

재하는 옷을 받아 들고 당황스럽고 먹먹한 마음으로 한참을 서 있다. 이상하다. 슬프지 않다. 매일 슬펐는데 오늘은 슬프지 않아. 이 이상한 세탁소에서 정말 마음의 얼룩을 빼준 건가? 슬퍼서 매일 웃음으로 감정을 숨기던 재하는 웃음을 거두고 무표정으로 옥상 정원을 향해 올라간다.

"이상한 세탁소야. 이상한 사장님이고."

혼잣말을 중얼거리던 재하는 계단을 내려가려는 지은을 부른다.

"사장님, 근데 왜 하필 메리골드예요, 마음 세탁소가 피어난 곳이?"

재하의 질문을 들은 지은은 뒤돌아선 채 걸음을 멈춘다.

"…예쁘잖아, 해 지는 게."

"해 지는 거 예쁜 동네는 다른 데도 많지 않아요?"

"많지. 그리고 우리 분식 김밥이 맛있잖아."

"에!?? 우리 분식 김밥이요? 사장님 진짜 맛있는 거 안 드셔보셨구나. 다음에 저희랑 꼭 다른 식당 가봐요. 재슐랭 가이드라고 아세요? 제가 맛집 싸악 꿰고 있어요."

"그래, 기회 되면 가자."

고개를 절레절레 흔드는 재하를 뒤로하고 지은은 계단을 내려간다. 그러고 보니 그날도 오늘처럼 이렇게 노을이 예뻤지. 메리골드에서 눈 뜬, 그날.

"사랑의 얼룩을 지우고 싶어요."

지은이 나타나길 기다리던 연희가 떨리는 손으로 읽던 책을 덮으며 지은을 보자마자 말한다. 백화점 1층 화장품 코너에서 일하는 연희는 사람을 많이 상대하다 보니 얼굴을 보자마자 느껴지는 인상으로 성격을 유추하고 관찰하는 습관이 있다. 종일 사방이 막힌 답답한 공간에서 손님이 오길 기다리며 생긴 습관이다.

의심 많은 재하가 지은을 따라 올라간 뒤 마음 세탁소 안의 공기는 점점 순해졌다. 공간의 공기를 채우는 건 물건이 아닌 사람의 기운이라고 생각하는 연희는 아까보다 한결 편안해진 공기에 왠지 모르게 지은이 단단한 사람 같다고 생각한다. 최소한 거짓말을 할 사람은 아닌 것 같다. 처음엔 이상한 말로 현혹시켜 물건을 파는 다단계 회사인가 싶었는데, 아무리 살펴봐도 팔 만한 물건은 없어 보인다. 어쩌면 마음의 얼룩을 지워준다는 게 진실일지도 모른다. 아니, 진실이 아닐지라도 지금 이 순간은 진실이라고 믿고 싶다.

"사랑이 왜 얼룩이야?"

길고양이처럼 웅크리고 떨다가 먹이를 주는 사람을 만난 듯 반기는 연희의 어깨를 어루만지며 지은이 묻는다.

"사실, 그 사람이 다른 여자들을 만나는 걸 알면서도 끝 사랑은 저일 거라고 생각했어요. 처음부터 희재가 다른 여자들을 만난 건 아니었거든요. 한 삼 년은 서로 죽고 못 살았죠. 아침 여섯 시까지 휴대폰이 뜨거워지게 메시지를 주고받았어요. 첫사랑이었어요, 서로한테.

희재는 꿈이 많은 사람이었어요. 희재가 눈을 반짝이면서 꿈에 대해 이야기하는 모습을 보는 게 좋았어요. 저는 어떤 일을 간절하게 하고 싶다기보다 해야 하니까 하는, 할 수 있는 일을 했거든요. 희재가 작곡을 하고 싶대서 24개월 할부로 좋은 노트북을 사줬어요. 작곡을 하다 보니 연주를 직접 해야 한대서 기타도 사줬어요. 그랬더니 기타보단 건반이래서 전자피아노를 사줬어요. 그러다 직접 음악을 불러봐야 할 것 같대서 마이크도 사줬어요."

조용히 읊조리듯 말하는 연희의 시선은 허공에 있다. 연희가 희재의 생활비까지 책임지게 되면서 둘은 자연스레 동거를 시작했다. 함께 시장에서 장을 보고 밥을 해 먹던 날들, 늘어지게 낮잠을 자고 난 뒤 부스스한 상태로 공원을 산책하며 허리가 끊어져라 웃던 행복한 순간도 있었다. 희미해진 기억이 떠올라 생각에 잠긴 연희를 보며 지은이 손에 쥔 손수건에 힘이 들어간다. 사랑이 무엇이길래. 대체 사랑이 무엇이길래 한 사람에 대한 믿음이 저렇게 절대적일 수 있는 것인지.

"바보 같죠? 근데 그땐 희재가 제 유일한 숨구멍이었어요. 작곡을 한참 해보더니 이번엔 보컬 학원에 다니겠다더라고요. 그 다음엔 연기 학원에 다니겠다고…. 그 돈을 대주려고 저는 일 끝나고 편의점에서 알바도 하고, 식당에서 서빙도 하면서 희재의 꿈을 응원했어요. 돈은 벌 수 있는 사람이 벌면 되니까. 전 딱히 돈 쓸데도 없었거든요. 희재가 꿈을 이뤄서 행복해하면, 저도 행복할 것 같았어요. 제 꿈은 언제부턴가 희재가 됐어요. 어쩌면 제가 가져본 적 없는 달콤한 희망을 희재를 통해 이루고 싶었는지도 몰라요."

희재는 보컬 학원에 다니면서부터 연희와 연락이 잘 되지 않았다. 연습 중이라 연락을 할 수 없었다는 희재의 말을 연희는 믿었다. 연기 학원으로 옮기면서부턴 며칠씩 집에도 들어오지 않았다. 사흘 만에 집에 들어와선 술에 잔뜩 취해 잠만 자다가 인사도 없이 옷을 챙겨 다시 나가기 일쑤였다. 그렇게 3개월, 6개월, 1년… 시간은 계속 흘렀다. 어떤 시기의 희재는 한 달씩 집에만 은둔해 있기도 했다. 둘 사이에 대화가 끊긴지는 오래였다. 몸의 대화도, 마음의 대화도 모두.

"의무적으로 저를 만지던 손길과 몸이, 차갑고 딱딱해져

가는 걸 느꼈어요. 분명 우리한테도 부드럽고 뜨겁던 날들이 있었는데. 그렇게 기계적으로 서로를 안고 나면 슬퍼져서 내가 그냥 피했어요. 그렇게 연인도 친구도 아닌 상태로 살았어요.

그러다 어느 토요일 오후에 술을 잔뜩 마시고 들어와서는, 미안하지만 대출을 좀 받아달라고 하더라고요. 엄마가 아프셔서 수술비로 천만 원이 필요하다고, 곧 취직을 해서 갚을 거라고 했죠. 그날 오랜만에 희재랑 밥을 먹었어요. 희재가 고등어를 굽고 된장찌개도 끓였어요. 그날은 밥도 유난히 찰지고 윤기 있게 지어졌어요. 마주 앉아서 밥알 한 톨 남김없이 맛있게 먹고 자연스럽게 아주 긴 밤을 보냈어요. 어느 때보다 깊고 진하고 뜨거웠어요. 진심이라고 생각했어요. 몸은 거짓말을 못하니까."

드디어 희재가 마음을 잡고 자신에게 돌아온 것이라 생각한 연희는 씁쓸하지만 안도했다. 지난 일은 잊고, 처음 우리가 사랑했던 그대로 돌아갈 테니까. 이제부터 다른 사람들처럼 평범하게 가족으로 살아가면 되니까. 그토록 연희가 갖고 싶던, 평범하게 살아가는 진짜 가족.

그리고 다음 날, 대출을 받으려고 반차를 쓰고 집에 들어서던 연희는 현관문을 열자마자 숨이 막혔다. 현관에는 연희 것이 아닌 구두가 희재의 신발과 나란히 놓여 있었다.

둘의 신발은 밖을 향해 가지런히 정리되어 있었다. 사이즈는 230. 발이 작은 여자다. 연희는 방에서 들려오는 소리에 눈을 질끈 감았다. 소리를 지를까, 사진을 찍어야 하나. 아님 경찰에 신고해야 하나, 재하에게 전화를 할까…. 한참이나 굳은 채로 서 있던 연희는 부들부들 떨리는 손으로 발이 작은 여자의 구두를 들고 나와 현관문을 닫았다.

"왜 그 신발을 들고 나왔을까요. 잘 모르겠어요. 계단에 그 얇은 구두 굽을 내리쳤어요. 부러지더라구요. 희재와 내 관계처럼, 너무 연약한 굽이었죠."

지은은 깊은 눈빛으로 연희를 바라보며 다음 말을 기다린다.

고개를 들고 지은이 건넨 손수건으로 눈물을 닦은 연희는 희미하게 웃어 보인다. 웃어도 울음일 수 있구나, 하고 지은은 생각한다. 지은과 재하는 연희의 다음 말을 기다리며 가만히 침묵안에 존재한다. 고요 안에 머물러 있는 시간, 침묵을 지나 연희는 입을 뗀다.

"어쩌면 헤어지자고 말하는 데 오랜 시간이 걸린 건가 싶기도 해요. 희재는 누구한테 싫은 소리도 못하고 거절도 못하는 사람이거든요. 곁에 오면 머물게 하고, 떠나면 잡지 않아요. 자신의 의지대로 사는 건 없어 보이는 그 사람의 껍데기 말고 속을 내가 채워주고 싶었어요."

사랑이 모두 행복일 순 없지만 사랑하면 할수록 연희는

고갈되어 갔다. 자신이 먼저 많이 사랑하면 그도 그 사랑을 닮아가길 소망했다. 이미 식어버린 찻잔에 따뜻한 차를 따라주는 지은을 보며 연희는 찻잔을 만지작거리다 침을 삼키고 말을 이어갔다.

"끝의 끝까지 가봐야 끝이 나니까, 계속 했어요. 자존심 다 챙기고, 진심 주지 않고, 얄팍하게 사랑하고, 밀고 당기고, 저 그런 거는 못해요. 바보 같죠."

지은은 대답 대신 깊은 눈빛으로 연희를 바라본다.

"희재와 사랑했던 추억의 날들을 지우고 싶어요. 분명 그 사람도 사랑이었겠죠. 함께여서 즐겁던 기억이 많아요. 그래서 웃을 때마다, 행복하다고 느낄 때마다 그 사람이 생각나요. 그래서 결국 슬퍼져요."

우리는 사랑을 잃으면 울고 아파한다. 하지만 가장 슬픈 건 사랑으로 행복했던 기억들 때문에 그가 미워지지 않는다는 사실이다. 그래서 기억을 안고 살아간다. 기억 속 우리는 사랑으로 웃고 있다.

"내가 준 옷을 입고, 지우고 싶은 기억을 간절한 마음으로 생각해. 그럼 얼룩이 생겨날 거야."

"얼룩이 생겨나면 세탁은 어떻게 해요?"

"어떤 방식으로 세탁할지는 얼룩을 보고 결정해. 어떤 얼룩은 세탁기로 지울 수 있고, 어떤 얼룩은 직접 손으로 지워야만 지워지거든."

"아… 네. 그럴게요."

연희는 하얀 티셔츠를 입으며 추억을 생각한다. 옷을 입다가 목덜미에 화장이 잔뜩 묻는다. 엉망진창이네. 내가 지나간 자리마다 엉망 또 엉망. 아픈 마음을 깨끗하게 세탁해 보송보송한 새 마음으로 갈아입고 싶었는데, 시작부터 얼룩을 만들어놨다. 립스틱 자국을 문지르며 희재의 옷깃에 찍혔던, 내 것이 아닌 립스틱 자국이 불쑥 떠오른다. 그가 다른 여자를 품에 안고 있는 걸 보며 마주칠까 숨었던 날들이 스친다. 욱신, 가슴이 아프다.

"괜찮아. 마음 아픈 거, 정상이야. 마음이 아프다는 건 진심으로 최선을 다했다는 거야."

"얼룩이… 얼룩덜룩하네요."

"얼룩이니까 얼룩덜룩하지. 자연스러운 거야. 얼룩 없는 사람이 있을까…. 일단, 이리로 따라와봐."

계단을 향하는 지은을 따라 올라가며 연희는 얼룩이 묻은 티셔츠를 꼭 끌어안는다. 사랑의 흔적이 까맣게 타거나 연기처럼 하얗게 휘발된 줄 알았는데, 얼룩으로 배어나온 걸 보니 아련하다. 희재를 안듯, 사랑했던 기억을 안는다.

'다행이다.'

"응?"

"아, 아니에요. 이제 걸어 다니시네요?"

"응, 걸어 다니는 연습 하려고. 손빨래실로 가자."

연희를 앞장서서 걷는 지은의 걸음이 가볍고 우아하다.

1층 바 테이블 옆에 있는 나무 문을 열자, 다른 공간이 펼쳐진다. 하얀 벽으로 둘러싸인 방에 편안한 조명이 켜져 있고, 시냇가의 빨래터처럼 맑은 물이 졸졸 흐르고 있다. 곳곳에 바위도 있고 새소리도 들린다. 마치 숲에 온 듯한 분위기에 놀란 연희는 소리를 지를 것 같아 입을 틀어막는다.

"…세상에. 여기 뭐예요? 어떻게 여기 시냇물이 흐를 수 있죠?"

"마음 세탁소니까."

"마법 같은 걸 쓰시는 거예요?"

"마법까지는 아니고, 그냥 그런 게 있어. 여기 멋지지, 예전에 내가 살던 마을이 이랬어."

희미하게 미소 짓는 지은의 표정이 쓸쓸해 보이는 건 연희의 기분 탓일까. 연희는 고개를 끄덕이며 입고 있던 티셔츠를 벗는다.

"이 물에 빨면 얼룩이 지워지나요?"

"응, 지워질 수 있는 얼룩이라면 빨래를 할수록 얼룩이 옅어질 거야. 그런데 지우고 싶지 않은 얼룩이라면, 빨래를 하다가 멈추어도 돼. 본인 선택이야."

연희에게 하얀색 비누와 통을 건넨 지은은 천천히 세탁실을 나간다. 혼자 남겨진 연희는 얼룩덜룩한 티셔츠를 손에 들고 망설인다. 사랑한 기억을 지우면 뭐가 남지. 사랑이 지나가면 뭐가 남지. 문득, 얼룩을 지우고 싶기도, 지우고 싶지 않기도 하다. 이 양가적 감정은 뭐지.

“아, 모르겠다. 고민 그만하고 일단 물에 넣어보자. 살면서 언제 이런 일이 있겠어.”

연희는 결심한 듯 입술을 앙다물고, 입고 있던 옷의 소매를 팔꿈치까지 걷어 올리고서 하얀색 통에 물을 담고 셔츠를 적신다. 그 순간 눈앞의 벽에서 빛이 반짝, 하며 빠르게 기억의 영상이 재생된다.

그와 처음 만났던 날의 설렘, 길을 걸으며 손가락이 스치다 약속한듯 손을 잡던 그날, 월급날 자취방 옥상에서 구워 먹던 삼겹살의 맛, 틈 없이 서로에게 밀착해 있던 날들, 그가 마중 나온 퇴근길, 늘어지게 늦잠을 잔 휴일에 함께 라면을 끓여 먹고 슬리퍼 끌고 동네 슈퍼로 아이스크림 사 먹으러 가던 골목길, 지하철에서 이어폰 한 쪽씩 나누어 듣던 그 음악, 함께 심장이 뛰던 날들, 반짝이는 웃음들, 서로의 아픔에 공감하고 기댈 어깨를 내어주던 사랑의 날들, 서서히 짙어진 외로움에 기대던 연희를 버거워하던 그의 한숨, 사랑이 지나가지 않길 바라는 집착을 안아주던 손길까지.

연희가 본 것은 슬픔보다 행복이었다. 그의 곁에 있을 때 환하게 웃음 지으며 행복해하던 자신이었다.

“나… 참 사랑하면서 예뻤구나.”

사실 연희는 알고 있었다. 그는 더 이상 나를 사랑하지 않았고, 그럼에도 헤어지지 못했다. 그가 지쳐갔지만 외로움에 떨고 있는 나를 떠날 수 없어 결국 다른 사람을 만나기 시작했다는 걸 알면서도 모른 척했다. 그랬다. 둘이서 했다. 사랑도, 헤어짐도, 둘이 같이.

헤어짐을 인정할 수 없어 희재를 미워하길 택했다. 보고 싶고 그리운데 내게 오지 않으니까. 미움을 핑계로 그를 생각할 수 있으니까. 많이 사랑했던 기억이 아까워서, 서서히 잊혀가기보다 미워함으로 간직하고 있었다. 이 마음이 자신을 낡고 닳게 하는 걸 알면서도. 마음도 쓰면 쓸수록 닳아서, 새로운 사랑이 들어와 머물 자리가 줄어든다. 이제 그만 닳아야 할 때였다. 언젠가 내게 올지 모를, 아니 꼭 다시 와주길 바라는 다음 사랑의 자리를 남겨두어야 하니까.

“미안해… 고마워… 보고 싶어…. 그리고 많이 사랑했어.”

흐르는 기억의 조각들을 끌어안고 연희는 빨래통에서 옷을 꺼내어 안는다. 반쯤 지워진 얼룩이 남아 있다.

어느새 곁에 와 있던 지은은 연희의 어깨에 손을 대며

'미움'과 '원망'이라는 얼룩의 반만 지워지도록 한다.

"저, 이제 그만 지울래요. 사랑했던 기억, 그냥 전부 간직할래요."

아무도 없지만 누가 듣기라도 하는 듯 연희는 엉엉 소리 내어 아이처럼 크게 운다. 희재와 헤어지고도 이렇게 울어 본 적이 없었다. 연희의 눈물이 빨래터에 졸졸 흐르는 물에 떨어지자 빛이 반짝 빛난다. 물줄기가 빨간 꽃잎 회오리바람이 되어 연희를 옥상으로 올려보낸다.

"뭐야, 이거 또 보니까 놀랍지도 않네…."

눈물을 삼키며 회오리바람을 타고 옥상으로 올라온 연희는 1층에서 올려다보았던 빨랫줄 앞으로 걸어간다. 밑에서 봤을 땐 새하얀 빨래였는데, 자세히 보니 저마다의 얼룩이 있다. 새하얀 것도 있고, 서로 다른 부위에 얼룩이 있기도 하다. 대체 이게 다 누구 옷이지? 누군가의 빨래 사이를 지나 연희는 자신의 티셔츠를 천천히 빨랫줄에 건다.

연희는 원망을 멈추기로 했다. 사는 게 외로워 누군가에게 기댔지만 사랑으로 외로움은 사그라들지 않았다. 마음이 공허할수록 희재에게 집착했고 그는 그럴수록 멀어져갔다. 멀어짐을 인정하고 싶지 않아 애썼던 연희를 아프게 한 건 그가 아닌 자신이었다. 계절처럼 자연스럽게 사랑도 흘러간다는 걸 몰랐다. 봄의 다음 계절은 여름이 아닌 겨울일 수도 있는데.

그렇지만 사랑이 끝나고 나서야 사랑이 남았음을 알았다. 사랑했던 기억은 힘을 잃지 않고 내 안에 반짝이며 머물러 있다. 잊지 않고 소중히 그 자리에 살게 할 테다. 생생히 살아 있는 기억은 삶에 생기를 잃은 어느 날 꺼내볼 아름다운 추억이다. 행복했던 나, 반짝이는 그때의 나 그리고 그때의 우리를 떠올리면 메마른 마음에 온기가 지펴지겠지. 이제는 정말 그와 헤어질 수 있겠다. 미움과 원망 아닌 그리움으로 간직하며.

얼룩이 덜 빠진 빨래를 줄에 널고 있는 연희의 표정을 보고 지은이 다가왔다. 팽팽하게 잡고 있던 무언가를 놓아줄 때의 편안한 기분이 느껴진다.

"내가 보기보다 오래 살아서 해줄 수 있는 말은 많지만, 안 할게. 대신 선물 줄게."

"저보다 젊어 보이시는데요?"

"응, 동안 소리 많이 듣지. 자, 이거 입어."

지은은 연희에게 오른쪽 심장 쪽에 작은 하트 모양 얼룩이 새겨진 티셔츠를 건넨다.

"이 얼룩 참 예쁘네요."

가만히 얼룩을 바라보던 연희는 입은 옷 위에 선물로 받은 티셔츠를 새로 입는다. 햇볕에 잘 말라 깨끗하고 바삭한 옷을 입으니 왠지 용기가 생긴다. 누구나 홀로 선 나무지. 그러니 기대지 않고 홀로 잘 서봐야겠다. 전에 없던 용기까지 생겨나다니, 참으로 이상한 밤이다.

"빨래가 젖어들수록 떠오른 추억을 보니 사랑하고 있는 그때의 내 모습이 참 행복해 보였어요. 누군가를 사랑할 때만 저렇게 웃을 줄 아는 사람이기보다, 내가 나일 때 스스로가 너무 사랑스러워서 웃고 싶어졌어요. 그래서 그 얼룩들, 지우지 않으려고요. 아픈 기억이 떠오르면 떠오르는 대로 생각하고, 좋은 기억은 좋은 대로 생각하고. 누구보다 나를 더 많이 사랑해줄 거예요."

떨리는 연희의 목소리를 들으며 지은이 말한다.

"그냥 웃어. 행복한 것처럼 웃어."

"행복하지 않아도 웃어요?"

"그럼, 인간의 뇌는 아주 단순해. 뇌를 속이는 거지. 뇌는 진짜 행복과 가짜 행복을 구분하지 못한대. 가짜로 웃으면 행복한 줄 알고 좋아하는 거지. 뇌한테 농담을 하는 거야."

"에? 뇌한테 농담을 해요?"

"한번 해봐. 농담을 들은 뇌는 너를 웃음 짓게 할 거야. 스스로 웃음 지을 수 있는 사람의 곁에는 좋은 사람들이 오게 되어 있지."

양손 검지손가락으로 입가의 끝을 잡고 올리며 지은이 웃는다. 지은을 따라 연희도 두 손가락으로 입꼬리를 올린다. 눈은 웃지 않고 입꼬리만 손으로 올리던 두 사람은 눈이 마주치자 동시에 깔깔깔 웃는다.

"아 뭐예요, 사장님. 솔직히 제대로 웃는 법 모르죠?"

"알지, 설마 내가 모르는데 말하겠어?"

두 사람은 마주 보며 한참을 허리가 꺾일 만큼 웃는다. 지은도 아주 오랜만에 웃어보는 날이었다. 웃는 기분이 이런 거였구나. 뇌한테 농담할 만하네.

"실은 말야, 오늘부터 난 웃는 걸 선택하기로 했어. 인생이 어떻게 흘러갈지 선택할 수는 없지만 울거나 웃는 건 유일하게 직접 선택할 수 있는 거잖아."

"소오름. 사장님도 인생이 흘러가는 걸 선택할 수 없어요?"

연희가 놀라 묻는다. 지은의 얼굴에서 천천히 웃음기가 사라진다.

"선택할 수 있다면 내가 지금 여기에 있지 않았겠지. 밤바람 차다, 이제 그만 내려가자."

왠지 모르게 쓸쓸한 지은의 뒷모습을 바라보며 어쩐지 안아주고 싶다는 생각을 한다.

연희는 문득 어떤 말이 떠올라 주머니에서 펜을 꺼내 들고 입고 있는 옷을 벗어 글자를 적는다.

춤추라,

아무도 바라보고 있지 않은 것처럼.

사랑하라,

한 번도 상처받지 않은 것처럼.

노래하라,

아무도 듣고 있지 않은 것처럼.

일하라,

돈이 필요하지 않은 것처럼.

살라,

오늘이 마지막 날인 것처럼.

-알프레드 디 수자

글자를 적은 옷을 다시 입으며 연희는 이 세탁소가 마음에 든다고 생각한다.

"사장님, 같이 가요! 재하랑 저랑 시간 날 때마다 여기 놀러 와도 되죠?"

"여기 세탁소야. 노는 데 아니고."

"사장님 혼자 일하시는 거 같은데 가끔 저희가 도와드릴게요. 오픈 기념 손님이니까. 소주 사올게요. 아, 와인 드시려나?"

"나 술 안 마셔. 이제 그만 돌아가. 내일 출근 안 해? 이러다 해 뜬다."

"오늘 토요일인데. 일단 오늘은 갈게요. 조만간 같이 또 웃어요, 사장님."

희망, 무엇이든 잘될 것 같다는 설렘 같은 기분을 오랜만에 느끼며 돌아 선 채로 잠시 미소 짓는다. 이상하게 마음이 편안하단 말야. 사장이라는 저 여자도 신경 쓰이고. 뒤돌아 선 연희가 다시 빙글 몸을 돌려 지은에게 묻는다.

"어… 저… 사장님!"

"왜?"

"그런데 사장님이 예전에 살던 마을은 어떤 마을이었어요?"

"너랑 재하, 엄청 친하지?"

"어, 네! 어떻게 아셨어요?"

"참 둘 다 질문이 많아. 쓸데없는 거 묻지 말고 돌아가. 나 피곤해."

이번엔 지은이 몸을 빙글 돌려 창 밖을 바라본다. 팔짱을 끼고, 눈을 감고, 서서 잠을 자듯이. 지은의 곤한 잠을 방해하지 않도록 연희와 재하는 살금살금 걸음을 옮긴다.

"환자분, 정신이 들어요? 말소리 들리면 눈 깜빡여보세요."

은별은 웅성거리는 말소리에 눈을 뜬다. 깜빡 깜빡. 긴 속눈썹으로 천천히 눈을 감았다 뜬다. 무거운 시간이 흘러간다. 다시 눈을 감는다. 깊은 잠에 빠진 것처럼 숨을 고른다. 병실에 들어온 간호사 둘이 은별의 얼굴을 보고는 소곤소곤 대화를 시작한다.

"저기 누워 있는 저 여자, 연예인이야? 어디서 많이 본 거 같은데."

"티비는 나오던데 왜, 그… 인…플…? 그거 있잖아. 인스타 팔로워 엄청 많은 셀럽."

"인플루언서! 팔로워가 얼마나 많길래?"

"지난번에 봤을 때 백만이었는데 더 늘었는지 검색해볼까?"

"됐어. 근데 왜 또 수면제를 저렇게 먹었대?"

"몰라. 내가 재였으면 고맙습니다, 하고 잘 살 텐데. 몇 달 전에도 실려 왔지?"

"응. 우리 병원에만 두 번인가 세 번인가. 나이도 어린 애가… 쯧쯧.”

“그때 가족들 한꺼번에 몰려와서 울고불고 난리였지.”

“지난번에 인스타에서 공구 한 화장품에 무슨 유해 성분 들었다고 기사 났었잖아.”

“났었지. 큰일 있었나?”

“아니, 천연 유래 성분이라고 팔았는데 성분 함량이 달랐대. 얼굴에 뭐가 났다고 사람들이 악플이 엄청났대. 안티 계정도 생겼다잖아.”

“쯧쯧……. 스물셋밖에 안된 애가 거짓말로 화장품 만들어서 판 거야?”

“만들었겠어, 어디서 물건만 가져와서 수수료 받고 팔았겠지. 사과문 올리고 자기 돈으로 환불해주고 유기견 봉사 활동 하던데, 실은 나도 팔로우 하고 있거든. 부러워서. 저렇게 한번 살아보고 싶다, 얘. 어머, 호출 온다.”

“가자. 아직 안 깨어났다고 우리도 인스타에 찍어 올려볼까?”

“쉿, 저번에 수습 간호사 그렇게 했다가 소송 걸리고 병원에서 징계 먹은 거 기억 안 나? 깨기 전에 얼른 가자.”

“아… 알았어. 가자. 근데 얘는 참 자는 모습도 예쁘네. 부럽다!”

두 간호사가 병실을 빠져 나간다. 병실 문이 닫히는 소리를 들으며 은별은 눈을 뜬다.

또 시작이야.

지겨워. 또 실패야. 또 살았어. 대체 수면제는 몇 알을 먹어야 자면서 죽을 수 있는 거야. 한숨을 쉬며 눈을 깜빡이다 다시 눈을 감는다. 지금쯤이면 기사 나고 난리 났을 텐데. 지겨워. 은별은 이불을 머리 끝까지 끌어올리며 생각한다. 이 모든 괴로움을 끝내고 싶다.

다시 아침이다. 방 안에 시계는 없지만 눈은 절로 떠진다. 불면증에 조용한 환경이 좋다고 해서 초침 소리가 거슬리는 시계도 치우고 침실 가구도 최소한으로 남겼다. 그런다고 불면증이 해결되는 건 아니었지만.

"아우, 머리 아퍼…. 휴대폰 어디 있지…?"

수면제를 먹고 자면 눈을 뜰 때마다 머리가 깨질 듯 아프다. 내성이 생겼는지 이제 한 알로는 잠이 오지 않는다. 한 알을 먹고 뜬눈으로 밤을 지새다 다시 한 알, 그래도 잠이 오지 않아 다시 한 알. 밤의 시간만큼 천천히 몇 알을 먹으며 쪽잠을 잔다. 뜬 눈으로 밤을 새는 것보단 약을 먹고 자는 게 나으니까. 근데 머리가 너무 아프네.

"오늘은 뭐 올리지. 아, 휴대폰…!"

은별은 침대 밑으로 가라앉을 것처럼 무거운 컨디션에 눈도 제대로 뜨지 못하고 침대 옆 협탁을 손으로 더듬거리며 휴대폰을 집는다. 안대를 빼고 떠지지 않는 눈을 한쪽만

억지로 뜨고 인스타그램을 연다. 팔로워 수를 확인하고 좋아요 개수와 댓글을 빠르게 확인한다. 은별은 온라인에서 예쁘고 행복하고 건강한, 시대의 아이콘이다.

"이 콘텐츠는 좋아요가 삼십만이 찍혔는데, 어제 올린 건 왜 삼만이야. 아… 뭐가 문제지. 이거 광고받은 거라 좋아요랑 댓글 많이 나와야 하는데. 골치 아프네."

아침마다 좋아요 개수에 희비가 오간다. 좋아요 개수는 곧 생명줄과도 같으니까. 불안함에 습관적으로 손톱을 물어뜯는다.

'인스타 팔로워 189만을 거느린 셀럽 인플루언서'가 은별을 칭하는 수식어다. 십 대 시절 모델로 데뷔한 은별은 물만 마시며 한 달에 10킬로그램을 감량하는 극한의 다이어트로 건강을 잃은 경험이 있다. 그 뒤로 운동을 하고, 바른 식습관을 가지고, 책을 읽으며 마음 공부를 하는 과정을 인스타그램에 업로드하며 십 대와 이십 대 여자들의 워너비가 되어 순식간에 유명세를 얻었다. 삽시간에 소위 말하는 '계정이 터졌'다. 스타일리쉬하면서도 매력적이고 개념 발언을 하는 은별의 일상은 일거수일투족이 화제가 됐다.

몰려드는 광고와 인기에 솔직히 처음엔 신기하고 즐거웠다. 돈을 더 벌고 '좋아요'를 많이 받기 위해 더 관심을 끌 만한 콘텐츠를 찍었다. 고급 의류, 가방, 신발, 화려한 공간과 외제차를 협찬받았고 이름만 대면 알 만한 브랜드의 패션쇼에 초대받기도 했다. 그녀가 사진을 올리는 족족 화제가 되었고, 화제성은 또 다른 화제성을 불러오고, 기자들은 그녀에 대한 기사를 퍼 날랐다. 은별의 인스타그램 계정은 날이 갈수록 화려해졌다.

그렇게 온라인에서는 화려한 삶을 살지만 은별이 현실에서 마음을 나누는 친구는 없었다. 고등학교를 중퇴하고 바로 일을 시작한 탓에 또래 친구를 사귈 기회가 없었다. 학교를 중퇴하자마자 모델 생활을 했고, 셀럽이 되며 어른들과 일하기 시작했다. 화려한 것들에 둘러싸여 사는 은별은 혼자 있는 시간에 날로 웃음을 잃어갔다. 돈도 벌고 유명해졌는데, 너무 화려한데, 너무 외로웠다. 일이 없거나 혼자 있는 날이면 은별은 불 꺼둔 방에서 멍하니 울기만 했다. 그래도 괜찮다고 생각했다. 가족이 있으니까.

'나한테 남은 건 가족밖에 없어. 가족이면 충분해.'

삼남매의 장녀인 은별이 번 돈으로 투룸 빌라에서 강남의 50평대 고급 아파트로 이사를 했다. 치킨 한 마리 먹고 싶어도 부모님이 부담을 느낄까 말하지 못했던 어린 시절이다. 돈만 벌면 부모님이 싸우지 않고, 눈치 보며 동생들의 귀를 막지 않아도 될 텐데. 돈을 벌어 우리가 월셋방을 탈출하기만 하면 행복할 줄 알았다. 그렇게만 하면 가족 모두가 행복할 줄 알았다. 그런데….

"은별아, 엄마 백화점 브이아이… 그거 있잖아, 부자 아줌마들 백화점에서 돈 쓰고 그룹 만들어 커피 마시는 거. 쟈스민인가 블랙티인가 뭐 그거 해볼래. 카드 한도 좀 늘려줘."

"아빠가 이번에 새 사업을 하려고 하는데 말이야…."

"누나, 나 유튜브 할 건데 장비 사주고 처음엔 누나가 좀 해주면 안돼?"

"언니, 구찌 백 신상 나왔는데 사도 되지?"

은별의 눈만 마주치면 온 가족은 돈이 들어가는 행위를 요구했다. 은별이 돈을 벌기 전에는 치킨 한 마리를 시켜도 서로 먹으라고 양보하며 행복했는데. 어쩌다 이렇게…. 요구가 버거워 거절할라치면 가족들은 합심한 듯 모두 은별을 비난했다.

세상에서 가장 가까운 가족들을 잃는다는 두려움에 그들의 요구를 들어주려 더 많은 돈을 버는 일을 찾아야만 했다. 그래서 의류, 다이어트 식품, 화장품, 전자기기 등의 공구를 시작한 게 몇 달 전이다. 업체가 하는 말을 그대로 믿고 제대로 검증되지 않은 제품인 줄도 모른 채 천연 화장품 공구를 시작했고, 팔로워들은 그녀를 믿고 화장품을 구매했다. 하지만 피부가 붉어지고, 피가 나고, 가려움증과 염증을 호소하는 이들이 생기며 안티 계정이 생겨났고 은별에게 소송이 들어왔다. 무서웠다. 은별은 일이 터지자 엄마에게 전화를 걸었다.

"엄마··· 나··· 있잖아···"

"어머, 얘. 엄마 지금 골프장이야. 너 카드 한도 늘렸어? 엄마 끝나고 밥 사야 해."

"아니, 엄마. 지금 골프장에서 밥 살 때가 아니고 내가 말야···."

"일단 끊어봐. 엄마 공쳐야 돼! 잊지 말고 한도 늘려놔!"

한숨을 쉬며 이번에는 아빠에게 전화를 했다. 처음 겪는 일이 너무 무서웠다. 실시간으로 그녀를 비난하는 댓글이 달리고 인터넷 기사에도 악플이 도배됐다. 수수료를 30프로 주겠다며 사탕발림을 했던 화장품 공장 사장은 잠수를 탔다. 무서웠다. 세상 모든 사람들이 자신을 알아보고 비난하는 것 같았다.

"아빠··· 나 있잖아···."

다섯 번 만에 겨우 전화를 받은 아빠는 전화를 받자마자 소리쳤다.

"너 지금 인터넷에 난리 났어! 이게 뭐야!"

"그게 뭐냐면···."

"오늘 건강식품 사업 런칭하는 날인데 기사가 이렇게 나면 어쩌니! 당장 계정에 사과문 올리고 사진 찍어 올려! 죄송하다고!"

"……."

은별은 말없이 전화를 끊는다. 일단은 사과문을 올려야지. 그리고 환불을 해주고… 또 뭘 해야 하지. 담당 변호사한테 메시지를 넣은 뒤 울려대는 휴대폰 알람을 보며 입술을 꽉 깨물고 전원을 끈다. 전원이 꺼지듯 화면에서 나도 사라지고 싶다. 종이처럼 가냘픈 몸에 딱 붙은 화려한 옷을 벗고 하얀색 포플린 잠옷으로 갈아입은 뒤 천천히 화장대를 향해 몸을 움직인다. 서랍 깊숙한 곳에 모아둔 수면제통을 꺼내어 손에 쥔다. 이 모든 괴로움을 끝내고 싶다. 제발.

"쿨럭 쿨럭… 아… 머리야. 머리가 왜 이렇게 아프지. 여긴 또 어디야. 내가 왜 차에 타고 있지?"

머리가 깨질 것처럼 아파 깬 은별은 기침을 하며 깬다. 운전석 옆에 놓인 생수를 들이켜 마른 목을 적신다. 겨우 정신을 차리고 젖혀져 있는 자동차 시트를 세우며 주변을 둘러본다. 어디까지 온 거야. 비틀거리며 차에서 내린다.

분명 병원에서 눈을 뜬 것까지는 기억이 나는데 직접 운전을 한 건 기억나지 않는다. 고개를 숙여 사이드 미러로 모습을 살펴보니 화장이 되어 있고 새하얀 트위드 소재 정장을 갖춰 입고 있다. 몸을 일으켜 운전석 유리창에 비친 모습을 보니 헤어까지 셋팅되어 있다. 샵에 갔다가 패션쇼에서 사진을 찍고 온 것 같은데. 왜 내가 모르는 동네에 와 있는 거지? 아우 머리 아파. 익숙한 통증이지만 익숙해지지 않는다. 언제쯤 괴로움과 아픔은 익숙해지거나 사라질 수 있는 것일까. 왼손을 들어 왼쪽 머리를 문지르며 주변을 둘러본다.

"세상에…! 이쪽은 바다, 이쪽은 도시… 도시와 바다가 같이 있어! 와…!"

오랜만에 보는 낯선 도시의 풍경에 감탄한다. 이렇게 아무도 없는 곳에서 바다를 보는 게 얼마만이던가. 양 볼을 스치는 기분 좋은 바닷바람에 눈을 감는다. 평온하다. 양팔을 벌리고 바람을 느낀다. 뭐지, 생생한 이 기분. 낯선 풍경의 도시에서 낯설지 않은 기분. 자욱한 안개와 희뿌연 하늘마저 편안하다. 숨을 크게 들이쉰다. 기분 좋은 습기가 느껴진다.

"바다 짠내… 살 거 같아."

폐부로 들이차는 공기를 맡으며 앞으로 걸어 나가려다 돌에 걸려 휘청거리다 제자리에 섰다. 9센티미터 높이의 하이힐을 벗고 맨발로 뻐근한 종아리의 감각을 느끼며 양 손에 신발 하나씩을 든 채 차로 돌아온다. 트렁크를 열어 하이힐을 대충 던지고 신발 박스 사이에서 운동화를 꺼내 든다. 의상에 따라 신발을 갈아 신기 때문에 트렁크는 신발 박스로 가득하다.

아무래도 수면제 부작용으로 환각과 몽유가 도진 것 같다. 모델 시절부터 심한 불면증으로 수면제를 처방받아 왔고 15분 만에 잠드는 기쁨에 지속적으로 복용했다. 하지만 점점 한 알로는 잠들 수 없었고 수면제의 용량을 늘릴 때마다 의사는 지속적으로 부작용이 생길 거라고 경고했다. 의사의 경고를 무시하고 병원을 바꿔가며 수면제를 모았다. 술보다 수면제가 낫지 않나. 잠을 자야 일을 하지. 잠을 자야 사진을 찍고 돈을 벌지. 귀에서 쉬지 않고 들리는 웅웅거리는 모기 소리 때문에 잠들 수가 없는데.

"근데 여기 너무 예쁘다…! 세상의 끝에 온 기분이야. 이렇게 높은 곳에 마을이 있고 바다가 보이네. 사진 찍어 올리면 좋아요 터지겠는데. 이거 올려서 여행 콘텐츠를 해 볼까. 어머, 휴대폰 배터리가 없네. 어머, 충전기는 또 어디로 간 거야. 중요한 전화랑 메시지 엄청 와 있고 난리 났을 텐데. 아우, 머리 아파…."

휴대폰 충전할 만한 장소부터 찾아야겠다. 콘센트가 있어야 하는데. 사진 찍으려면 옷도 좀 갈아입어야 하는데. 여기 어디 옷 살 만한 데 없나? 위에 재킷이라도 갈아입으면 다른 날 같아 보일 텐데. 한꺼번에 여러 생각이 몰려든다. 하루라도 사진을 올리지 않으면 팔로워 수가 줄어들까 봐 불안하다. 강박과 불안이 어느새 편안과 기쁨보다 익숙해졌다. 현실의 나는 사는 게 즐겁지 않은데, 정방형의 화면 안에서는 자신이 가장 즐거워야 한다.

'어디서라도 즐거우면 되지 않나'. 지독하게 화려하지만 지독하게 외로워 공허가 밀려올 때마다 생각한다. 이렇게라도 생각하지 않으면 견딜 수 없을 것 같아서. 촬영이 없으면 불 꺼진 방에서 매일 운다. 렌즈 밖의 나는 어둠이다. 카메라가 꺼지면 나도 꺼지는 기분이다. 카메라가 켜지면 나는 다시 켜진다. 무엇이 문제인지 알고 싶지만 알기 겁난다. 할 수 있는 역할을 충실히 하다 보면 끝나지 않을까. 그나저나, 일을 해야 하는데.

"이따 라이브 켜야 되는데. 어디 옷도 사고 라이브 할 만한 카페 없나? 동네 좀 둘러봐야겠다. 그나저나 맛있는 커피나 한잔 마시고 싶네. 샷 추가해서 찐하게 아아 한 잔 시원하게. 찾아보자~"

혼자 보내는 시간이 익숙한 그녀는 평소처럼 혼잣말을 시작하며 걷는다. 왠지 모르게 친숙하고 편안한 동네에는 소박하고 단정한 주택이 여럿 있다. 길가에 내놓은 작은 화분을 구경하며 걷는다. 이런 동네에 카페가 있으려나.

마침 새카만 긴머리를 단정하게 묶고 화려한 빨간 꽃이 그려진 원피스를 입은 여자가 지나간다. 어, 저 사람이라면 알 것 같다. 물어야겠다. 눈이 마주친다.

"저…기요, 죄송한데 혹시 이 동네에 카페나 옷 가게 있나요?"

"카페? 여긴 없는데. 초입까지 내려가야 해. 이 동네 처음이야?"

"아… 네. 제가 길을 잃을 것 같은데… 옷도 갈아입고 인스타 라이브도 해야 해서요."

"라이브?"

"네…. 혹시 저 모르세요?"

"음… 누구…지?"

"아, 인스타 안 하시나봐요. 하하. 저 광고에도 나왔는데."

은별은 당연하게 자신을 알아보는 사람들만 만나다, 자신을 모른다는 여자의 말에 의아하다. 왜 나를 모르지? 모른 척하는 건가. 은별이 작고 예쁜 입술을 오므리며 하는 생각을 읽은 지은이 대답한다.

"음… 인스타가 뭔진 모르겠지만 안 해. 난 라디오 들어. 티비도 안 보고."

"헐 대박. 요즘도 라디오 듣는 사람 있구나. 근데 저 진짜 모르세요?"

"음. 몰라. 이제부터 알아볼게. 이름이 뭐니?"

"은별이요. 검색해보시면 저 많이 나와요!"

"그래, 해볼게. 그런데 옷 가게는 아니지만 옷 필요하면 내가 세탁소 하는데 빌려줄까?"

"진짜요? 완전 고맙죠! 빌려주심 제가 집에 가서 깨끗하게 세탁해서 보내드릴게요. 그럼 치마 구겨진 거도 다릴 수 있어요?"

"있지. 마침 내가 지금 출근하는 길인데, 따라와봐."

"네, 언니! 언니라고 불러도 되죠? 저 스물셋인데 저보다 언니 맞으시죠?"

대답 대신 고개를 끄덕 하는 지은의 팔짱을 끼며 은별은 종알거린다. 여자와 눈이 마주친 순간, 속에 있는 말을 전부 털어놓고 싶은 기분이 들었다. 속내를 털어놓을 기회가 좀처럼 없어서 그런가, 처음 만난 사람의 깊은 눈빛에 빨려 들어갈 듯, 감정이 벌거벗겨진 듯 무장해제된다.

☼☆☽

지은은 새벽부터 은별의 차량을 보았다. 집으로 돌아가려고 문을 열고 나왔는데 빨간색 스포츠카가 굉음을 내며 불안하게 멈추어 섰다. 헤드라이트에 눈이 부셔 미간이 찌푸려졌다. 새벽부터 누가 매너 없이. 이내 시동은 꺼지고 흐르는 눈물을 닦지도 않고 운전석에 가만히 앉아 있는 여자가 보였다. 삶에 의지가 없어 보이는 저 눈빛. 익숙한 눈빛. 꽃잎을 보내 여자를 데려올까 고민하다 그냥 자연스럽게 깰 때까지 기다려보기로 한다.

몇 시간 뒤, 스스로 차에서 나온 은별의 곁을 일부러 천천히 걸으며 지나갔다. 길을 잃고 날개가 부러진 아기 새 같은 아이가 카페와 옷 가게부터 찾는다. 배가 고프니 편의점이나 밥집을 찾아야 정상 아닌가. 아니, 여기가 어딘지부터 물어야 하는 것 아닌가. 저 아이에게 가장 중요한 건 밥도, 위치 파악도 아닌 것이다. 생존. 생존을 위한 행위. 껍데기만 남은 아이는 생존을 위한 날갯짓을 한다.

삶에서 어떤 우연은 우연이 아닌 필연이 되기도 한다. 그 순간에 꼭 만나야 하기 때문에 만나고, 그곳에 가야 하기 때문에 가는 것이다. 저 아이가 지금 내게로 와야 하기 때문에 온 것이겠지. 반짝거리는 빨간 스포츠카를 보며 지은은 은별이 마음 세탁소의 세 번째 손님임을 예감했다.

"근데 밥은 먹었니?"

"아니요, 근데 안 먹어도 돼요! 저 다이어트 때문에 하루에 한 끼밖에 못 먹어요. 44사이즈 유지해야 되거든요.

그래야 옷이 맞아요."

"나도 많이 먹는 편은 아닌데, 오늘은 배고프네. 이따가 김밥 같이 먹을래? 세탁소 옆에 김밥 파는 분식집 있어. 음… 맛이 나쁘지… 않… 음…."

지은은 누군가에게 밥을 먹자고 청하는 자신이 적잖이 낯설다. 타인과 밥을 먹는 행위는 불편하다. 음식을 씹으며 대화를 나누는 건 곧 자신의 삶을 나누며 가까워지는 행위 아닌가. 무심결에 은별에게 밥을 함께 먹자고 말한 자신에게 놀란다.

"거기 떡볶이도 팔아요? 떡볶이 먹고 싶은데…!"

"떡볶이 좋아하는구나. 팔지."

"우와 진짜요? 저 떡볶이 완전 좋아해요. 언니 원픽은 밀떡이에요, 쌀떡이에요? 전 둘 다 잘 먹긴 해요. 진정한 떡볶이 러버는 밀이냐 쌀이냐를 가리지 않죠. 근데 살찔까봐 엄마가 못 먹게 한지 오래됐어요. 최애 음식인데…!"

떡볶이를 먹을 생각에 평소보다 들뜬 은별은 눈을 동그랗게 뜨며 지은의 뒤를 따라 들어선다. 밀떡이건 쌀떡이건 뭐가 중요할까. 세상의 모든 떡볶이는 옳은 걸. 순대도 시켜서 떡볶이 국물에 콕, 찍어 먹어야지. 김밥도 먹고. 아, 튀김도 팔려나? 어쩜 좋아, 너무 좋아! 오랜만에 들뜬 은별이 신나 조잘거리는 동안 세탁소 앞에 도착했다.

"어머, 언니. 여기가 세탁소예요? 세상의 끝에 있는 카페 같아요! 아일랜드에 있는 카페 사진을 본 적 있는데, 거기 같아요. 입구에 핀 이 꽃은 이름이 뭐예요?"

"능소화. 여름에만 피는 꽃인데 오늘 색다르게 피워봤어. 평소엔 빨간 동백이 펴 있어."

"지금 가을 아니에요?"

"가을이긴 한데, 여기선 필 수 있어. 나중에 설명해줄게."

"언니 능력자구나…!"

휴대폰 충전만 되면 여기서 라이브를 켜도 될 만큼 카페 같고 편안하고 예쁜 공간이라고 생각한다. 안개가 희뿌옇게 낀 도시의 꼭대기에서 신비로운 분위기를 풍기는 이 곳은 꽃과 넝쿨로 둘러싸인 입구도 예쁘고 조명도 좋고 심지어 뷰도 아름답다. 들뜬 은별이 계속해서 조잘거린다. 마치 고등학생이라도 된 것처럼 눈이 빛난다. 어제까지는 왜 안 죽나 싶을 만큼 괴로웠는데 오늘은 이렇게 즐거워도 되는 건가 싶을 정도로 자신이 낯설게 느껴진다. 아주 오랜만에 느끼는 신남이다.

온통 낯선 하루다. 앞서가는 저 언니는 화장도 많이 안 한 거 같은데 왜 저렇게 신비롭고 매력적이지? 관리 어떻게 하는지 꼭 물어봐야겠다 생각하며 지은에게 말을 건다.

"언니…! 여기 너무 좋네요. 무슨 세탁소가 이렇게 예뻐요?"

"예쁘지. 앉고 싶은 데 앉아. 구경하고 싶으면 해도 되고."

"와, 저 이런 공간 너무 좋아해요. 라이브 예고로 스토리 올려야 되는데…! 아 맞다, 언니 휴대폰 충전기 있어요?"

"어. 이리 줘봐. 커피는 없고 차밖에 없어서 차 우려줄게, 괜찮니?"

"네, 좋아요! 고맙습니다!"

합장하듯 양손을 가슴에 모은 은별은 호기심 가득한 눈빛으로 세탁소 내부를 둘러본다. 따뜻하고 햇살이 잘 들어오는 공간이다. 아주 행복하고 포근한 순간을 떠올리게 하는 깨끗한 빨래 냄새도 난다. 어린 시절 엄마한테 안길 때 맡았던 그 냄새 같다. 가만, 근데 이 동네 어디지. 그걸 안 물어봤네.

삐그덕.

벌컥 하고 커다란 나무문이 열리며 남자가 들어온다. 남자는 은별이 있는 방향을 슥 보고 고개를 까딱하며 인사를 하더니 입구에 서서 지은을 향해 큰 소리로 말을 한다.

"사장님, 이따 우리 퇴근하고 와인 한 잔 할래요?"

"재하, 왔니? 연희한테 말했는데. 나 술 안 마신다니까."

"왜 그 좋은 걸 안 마셔요? 살짝 취하면 인생이 얼마나 즐거워지는데요! 일단 우리 캔맥주부터 시작합시다. 맥주 한 캔, 소주 한 잔, 막걸리 한 잔, 와인 한 잔, 위스키 한 잔씩 마시면서 사장님한테 뭐가 맞는지 테스트 해보는 거예요. 어때요?"

"웬 술을 종류별로…. 너 광고 회사 때려치고 이직하니?"

"사장님 방금 마법 썼어요? 저 오늘 면접 보는 거 어떻게 아셨어요? 이직하려고 정규직 되는 회사로 서류 넣고 있긴 한데, 전공 살릴 겁니다! 사람들한테 또 무슨 말 들으려고요. 뒤에서 수근대는 거 지겨워요. 저 광고 일 하려고요!"

"전공 살리는 게 의미가 있어? 내 인생인데 내 마음이 원하는 대로 해야지. 하고 싶은 대로 해. 괜찮아."

"아 진짜 사장님한텐 무슨 거짓말을 못해. 솔직히 말해봐요, 독심술 지금 쓰고 있죠?"

"푸흣… 영화 만들다가 광고 회사 다니다 정규직 합격한 다른 회사 다닌다고 해서 누가 뭐라고 하니. 뭐라고 하면 좀 어때, 내 인생인데. 갔다 아님 다시 돌아오면 되는 거지. 눈치 보지 말고 네가 원하는 대로 해. 정답이라 믿으면 그게 정답이야. 다른 사람들 눈치 보지 말고. 그렇게 해도 괜찮아. 그리고 생각보다 사람들은 너한테 관심 없어."

"생각보다 사람들은 저한테 관심 없다니… 뼈 때리네

요. 와… 사실 저 소믈리에 과정 자격증 따고 이번 주에 와인 회사 서류 통과했어요. 어떻게 아셨어요? 처음엔 소주 마시는 놈이 무슨 와인이냐 싶었는데, 우연히 땜빵으로 와인 시음회에 갔다 국내 1호 소믈리에의 수업을 듣게 됐어요. 머리가 새하얀 칠십 중반 정도 되신 분이셨는데, 그 분도 어렵게 사시다 호텔 벨보이부터 시작해서 레스토랑에 취업하시고 서빙을 거쳐 소믈리에가 되셨대요. 그분 눈빛 보는데 온몸에 전율이 일었어요. 저런 어른이 되고 싶다, 저렇게 단정하고 단단한 눈빛으로 늙고 싶다, 저분의 길을 따라가자, 하는 생각이 들어서 무작정 시작했는데… 이게 생각보다 재미있고 공부할 게 많은 분야더라고요?"

지휘하듯 양팔을 휘저으며 이야기 하는 재하를 보며 웃던 지은은 은별에게도 웃음을 지어 보이고 문 앞의 재하를 향해 걸어간다. 보내지 않으면 밤새 이야기할 기세인 재하를 보내기 위해 문을 열어준 뒤 등을 두 번 톡톡, 친다. 이제 그만 가라는 신호다.

"다 알지. 이따 연희랑 들러, 술은 안 마셔도 잔은 내어줄게. 찻잔에 와인 괜찮지?"

"하…! 잔이 얼마나 중요한데요…!! 잔도 제가 가져올게요. 이따 봐요, 사장님! 해인이라는 친구 한 명 더 데리고 와도 되죠? 아, 저기 분식집 가서 손님이랑 식사도 하시고요. 면접 보고 올게요!"

평소에 입지 않던 말쑥한 정장 차림에 새로 산 구두를 신고 긴장한 기색이 역력한 재하의 손엔 주류 회사의 서류 봉투가 들려 있다. 1차 면접에서 받은 회사 소개서를 소중히 끌어안고 2차 면접을 가는 길이다. 재하와 이야기를 하는 지은을 바라보며 은별도 따라 웃는다. 이상한 공간이다. 들어오는 순간부터 마음이 들뜨더니 사람을 자꾸 웃게 한다. 웃는 사람들 곁에선 자꾸 웃고 싶고, 우는 사람들 곁에선 울고 싶다더니. 여기가 세탁소라 그런가, 이상하게 되게 편안하다.

'좋은 사람들만 사는 동네인가 봐.'

그나저나 휴대폰 충전은 언제 되나. 밤 되기 전에 라이브 해야 하는데. 고속충전기를 차에서 가지고 올까.

"차 마셔, 휴대폰 충전은 잘 되고 있어. 조금만 기다려."

"언니, 진짜 독심술 써요? 제 생각 어떻게 알아요? 대박 사건. 근데 이 동네 사람들은 다 친한가 봐요?"

입술이 데일 만큼 뜨겁지는 않은, 딱 좋은 온도의 따뜻한 찻잔을 받아 든다. 생각보다 맛있어서 눈이 동그랗게 떠진다. 차를 마시는 은별의 잔이 비어가는 걸 지켜보던 지은이 하얀색 티셔츠를 건넨다. 티셔츠를 받아 든 은별과 마주보며 바 테이블 반대편에 앉은 지은은 차분히 입을 연다.

"여기는 그냥 세탁소가 아니야. 마음 세탁소야. 마음에 있는 얼룩을 지워주거나, 주름을 다려주는 세탁소지. 만약 은별이가 지우고 싶은 얼룩이나 주름이 있다면, 여기서 해결해줄 수 있어."

"마음…세탁소…요? 그런 게 있어요?"

"있지. 바로 지금 여기, 이곳은 세상에 하나밖에 없는 세탁소야. 네가 이곳으로 이끌려온 건 아마 필연적인 이유가 있기 때문이라고 생각해. 나는 이 세탁소에서 치유와 위로가 필요한 사람들의 얼룩을 다정하게 어루만져주는 일을 하는 지은이라고 해."

가뜩이나 큰 눈을 더 동그랗게 뜨는 은별을 보며 지은은 평소보다 더욱 친절하게 자신을 소개한다.

마음을 치유하고 싶다며 스스로를 열어 보이는 이들은 꽤나 용감한 사람들이다. 대부분의 사람들은 속이 곪아 있다. 곪아 있는지도, 아픈지도 인지하지 못하고 살아가는 이들이 대부분이다. 가장 아픈 상처 한두 개쯤은 치유해주어야 살 만해진다는 것도 모르면서 살아간다. 지은이 억겁의 세월 동안 사람들에게 위로 차를 건네고 이야기를 들어주며 마음을 어루만져준 것만으로도 그들은 한결 편안하게 자신의 아픔을 데리고 살아갔다. 그리고 지금 눈앞에 잔뜩 떨고 있는 저 아이도 치유가 필요한 순간임이 느껴진다.

"선택은 스스로 해. 만약 마음에 지우고 싶은 얼룩이 있다면, 그 옷을 입고 눈을 감고 천천히 떠올려봐. 그럼 옷에 얼룩이 생기기도 하고, 주름이 지기도 하지. 옷을 벗은 뒤 그 얼룩을 지우고 싶으면 2층으로 올라와서 내게 주면 돼. 지우고 싶지 않다면 옷을 그냥 두고 가거나 가지고 가도 돼. 원하는 대로. 무엇이든 괜찮아."

은별은 티셔츠를 받아 든다. 절로 입이 벌어진다. 한참을 물끄러미 바라보던 은별은 2층 계단을 올라가는 지은의 뒷모습을 보며 티셔츠를 입는다.

'뭐야 저 언니, 정말 독심술이라도 쓰는 건가.'

낯선 도시, 낯선 하루. 정말 이상한 날이다. 꿈을 꾸고 있는 걸까? 하긴. 안개가 구름처럼 뿌옇게 낀 이런 날은 어떤 일이 일어나도 이상할 것 같진 않다. 가장 이상한 건, 살고 싶어지는 지금 이 순간의 감정이다.

살고 싶다.
지울 수 있는 마음의 얼룩을 지우고,
살고 싶다.

"언니, 제가 가장 지우고 싶은 걸 지우면… 제 삶이 완전히 바뀌어요. 바라는 거긴 한데… 너무 힘들어서 놓고 싶긴 한데… 한편으론 다시 무언가를 시작할 수 있을지 걱정돼요. 화려한 제가 아닌 그냥 민낯의 저를 사람들이 이해하지 못하거나 좋아해주지 않으면 어쩌죠? 저희 가족들은 저 없음 아무도 돈을 벌 줄 모르는데, 어떻게 살까요."

하얀 티셔츠의 오른쪽 끝을 묶어 크롭티로 만들어 입고 올라온 은별이 창밖을 향해 서 있는 지은의 뒤에 놓인 의자에 스스럼없이 앉는다. 꼭 물처럼 맑고 투명한 솔직함으로 상대를 무장해제시켜 버리는 매력이 있는 아이다. 의심하지 않고, 계산하지 않고, 보이는 그대로 상대를 믿어버리는 아이. 한눈에 보아도 정 많고 사람 좋아하는 아이. 여기가 마음 세탁소라는 말에도 반문하거나 의심하지 않고 진지하게 자신의 얼룩에 대해 고민하는 아이.

타인의 마음 얼룩 제거에 먼저 나서지 않는 게 지은의 원칙이지만, 원칙은 깨라고 있는 것 아닌가. 원칙이 깨지면 원칙을 또 만들면 되지. 마지막 생이라고 마음 먹은 뒤로는 마음이 시키는 대로 살기로 한 지은이다. 저 아이의 아픔에 왜 이리 마음이 쓰이는지. 혹시 어느 세기에선가 스쳐 지나갔던 인연인가 싶어 아무리 생각해보아도 떠오르는 건 없다.

"너를 잘 모르는 사람들한테 이해받으려고 하지 마. 얘, 너 자신도 너를 이해 못하지 않니? 나는 나를 이해 못하겠던데."

"언니도 그래요? 언니는 뭐든 다 알고 이해하는 사람 같아 보여요."

"보이는 게 전부가 아니지. 보이는 건 단지 내가 보고 싶은 모습일 뿐이고, 남이 보여주고 싶은 모습일 뿐이야. 너 팔로우 하는 사람들이랑 친하니?"

"아니요, 대부분 몰라요. 사실 저 수다 떠는 거 되게 좋아하는데, 모델 생활하면서 학교를 못 가서 친구들이랑 연락이 끊겼거든요. 지금 만나는 사람들은 친구라기보단… 서로 필요해서 만나는 사이랄까요? 어느 순간부터 되게 외로웠어요."

"그렇게 남들 시선 신경 쓰고 외롭게 사는 거 힘들었겠다. 괜찮았니?"

"…힘들어요. 사실은… 너무너무 힘들어요 언니…!"

지은의 힘들지 않았냐는 한 마디에 고리가 툭, 끊어지듯 울음이 터진다. 힘들다. 사실 이 모든 것들을 그만하고 싶다. 진짜 친구를 사귀고 싶다. 그럴듯한 사진을 찍어 올리지 않아도, 찌질한 모습 그대로 보여주고, 힘들고 아프고 기쁜 이야기들을 나누며 지낼, 그런 친구를 사귀고 싶다.

펑펑 우는 은별의 눈물을 보며 지은은 안도한다. 울어야지. 사람이 슬프면 우는 거지. 다행이다.

"마음 풀릴 때까지 울어도 돼. 여긴 아무도 안 와. 안심해."

"언니… 너무 힘들어요……. 저 진짜 인플루언서로 살던 모든 삶을 지우고 싶어요. 이 삶 자체가 얼룩이에요."

한참을 웅얼거리며 우는 은별의 티셔츠에 진하게 얼룩이 새겨지고, 주름이 진다. 구겨진 주름은 다리면 되고, 얼룩은 빼면 된다. 다만 힘들고 슬픈 마음은 한바탕의 울음이 지나가야 해소된다.

"그동안 슬프면 울었어?"

"아니요…."

"그동안 화나면 화냈어?"

"…화를 어떻게 내요…. 누구한테…."

"화나게 하는 대상한테 내야지. 슬프면 울고 화나면 화내고 기쁘면 웃는 거야. 그게 사는 거야. 심심하면 지루한 표정 짓고. 응? 그게 자연스러운 거야."

"언니, 저는 사진이 많이 찍혀서… 잘못 화내면 인스타 올라가고 기사 날까 봐…. 흑흑…."

훌쩍이며 말을 하던 은별의 울음이 서서히 그쳐간다.

"사진 찍어 올리면 어떠니. 기사 좀 나면 어때. 괜찮아. 다 실수하고 그러는 거지. 실수 한 번 안 하고 어떻게 사니? 그건 사람 아니다."

"실수해도 괜찮아요…? 정말요?"

"당연하지. 실수해도 돼. 네가 잘못한 거 있음 사과하면 되고, 누가 잘못했음 사과받고 이해해주면 되고. 회복이 안 되면 안 되는 대로 받아들이면 돼. 사는 게 어떻게 언제나 완벽할 수 있겠어. 방황하고 흔들리고 실수하고 넘어지고.

그래도 다시 일어서고 중심 잡으려고 하고. 그러면 돼. 괜찮아."

지은은 은별의 어깨에 손을 올리고 토닥토닥 두드린다. 울음이 잦아들자 지은의 두 손을 잡은 은별의 눈을 따스히 마주 보며 말을 잇는다.

"있잖아, 다른 사람 너무 신경 쓰지 말고 스스로를 보살펴. 힘들 때 좋은 곳 가서 여행도 하고, 화나면 화도 내고, 맛있는 거 먹으며 스트레스도 풀고, 다른 사람 말고 자신을 위해 살아보기를 시작해봐. 그럼 인생이 생각보다 아름답다. 살 만해."

"살… 만해요? 사실은요, 언니… 저 살고 싶지가 않았어요."

"살고 싶지 않을 수 있어. 나도 많은 순간 살고 싶지 않았거든. 그런데 말이야, 살고 싶지 않다고 느끼는 순간에도 살게 되더라. 살게 되니까 살아져. 살아지니까 별거 아닌 일에 가끔 웃게 되고. 웃으니까 또 살아져. 신기하지?"

"살아…지니까… 웃…어요? 저도 살고 싶어지는 날이 올까요."

"음, 그건 아마도 지금 네가 더 잘 알 것 같은데? 그리고 너 자신을 잃어가면서까지 지켜야 할 관계는 어디에도 없어. 설령 그게 가족이나 사랑하는 사람이라 할지라도. 너 자신보다 중요한 건 없어."

지은의 말에 고개를 끄덕이며 은별은 입었던 옷을 벗어 양손에 소중히 담아 내민다.

"이제부터 네가 한 번도 본 적 없는 아름다운 장면을 보여줄게."

지은이 오른손을 모아 뻗자, 빨간 꽃잎이 동그랗게 회오리치며 은별이 벗은 옷을 세탁기 안으로 가져간다. 마치 반딧불이가 꽃잎의 양 옆에 길을 내듯 빛과 함께 꽃잎에 싸인 얼룩 묻은 옷이 세탁기 안으로 들어가 빙글빙글 돌아간다. 은별은 슬픔을 잊고 꽃잎의 향연을 바라본다. 세탁기가 빙글빙글 돌아가며 태양이 빛나듯 빛이 번진다.

"나는 세탁소에서 이 순간이 참 좋더라. 얼룩이 묻은 빨래가 빙글빙글 돌아가는 걸 보는 이 순간 말이야. 때론 상처가 빛이고, 아름다운 꽃이 되기도 하니까. 전부는 아니지만."

지은의 말을 들으며 은별의 눈에는 뜨거운 눈물이 흐른다. 소리 없이 운다. 지은이 건넨 옷을 입으며 인플루언서로 지냈던 모든 날의 기쁨과 슬픔이 얼룩으로 나타나길 빌었다. 너무 화려해서 외로웠던 날들. 하지만 그 안에 고정된 이미지로 자신을 가둔 건 자기 자신이었음을 이제야 알 것 같다. 맞지 않는 신발을 오랫동안 신어서, 신발을 신으면 발이 아픈 게 당연한 줄 알았다.

"은별아, 이 얼룩을 지웠다고 해서 나중에 네가 다시 유명해지지 않으리란 법은 없어. 네가 또 다시 사람들의 관심을 받고 살아갈지도 몰라. 그때도 지금처럼 힘들어할까? 마음의 얼룩은 한 번만 지워줄 수 있거든."

"아… 아직 잘 모르겠어요."

"맞아, 아직 모르는 게 당연하지. 아직 그 순간을 살지 않았으니까. 다시 유명해질 수도 있고, 아닐 수도 있고. 행여 다시 유명해지더라도 화면 안의 너와 화면 밖의 너를 동일한 인물로 만드는 방법을 지금보다는 알게 되겠지?"

"그럴까요?"

"그럴 거야. 그렇게 믿으면 그렇게 되더라. 그리고 네가 먼저 마음을 열고 다가가면 사람들은 너에게 마음을 열어. 진정한 친구를 사귀는 방법을 알려줄까?"

"네! 알고 싶어요!"

"네가 그간 만나온 유명한 사람들, 모르긴 몰라도 다들 외로울 걸? 일단 카메라 내려놓고 만나. 친해지고 싶으면 먼저 다가가고 마음을 여는 연습을 해봐. 지금처럼 순수하고 솔직한 마음을 보여줘."

"그러다 거절당할까 봐 두려워요."

"거절당하면 뭐 어때. 그 사람도 그 사람만의 사정이 있어서 거절하는 거겠지. 우정은 같이 보낸 시간이나 마음의 깊이만큼 생기는 거 같아. 충분한 시간과 마음과 노력을 들이며 진심을 다해봐. 내가 마음을 주지 않는데 상대방이 마음을 주기 바라면 그건 망상이지. 욕심이고. 용기 내서 휴대폰 화면 너머의 사람들을 만나. 너를 위해서."

대화를 마친 두 사람 주변의 공기가 온화하다. 따뜻한 봄의 꽃향기처럼 향기로운 바람이 분다. 마중 나왔던 꽃잎의 잔향인가 싶다.

"언니, 그럼 우리는 지금 친구 된 거예요?"

"그럼, 우리 마음을 나누었잖아. 진심으로 마음을 나누면 한 번을 만나도 친구가 될 수 있어. 배고프지 않니? 옥상에 빨래 널고 떡볶이 먹으러 가자."

"맞다, 떡볶이…! 빨래 어디에 널어요? 제가 뛰어갔다 올게요!!"

울다가, 웃다가. 저렇게 감정 표현에 솔직한 아이가 그동안 어찌 참고 살았담. 지은이 손짓으로 가리킨 계단을 향해 뛰어 올라가는 은별을 보며 지은은 속에 민트향이 번진다. 초록의 기운, 나뭇잎이 온몸을 타고 올라와 지은이 나무가 된 듯한 느낌. 다른 이의 얼룩을 빼며 이렇게 속이 시원한 적 있었나. 시원한 게 아니고 배가 고픈 거 같기도 하고. 요즘 배가 자주 고프네.

지은은 피식 웃으며 우리 분식에 전화를 건다.

"아줌마, 김밥 두 줄이랑 떡볶이 2인분이랑 순대 간 섞어서 2인분, 튀김 종류별로. 친구랑 가니까 많이 줘."

"오마나, 우리 지은 사장님한테 친구가 찾아왔어~? 너무 좋은 날이네! 국수라도 말아줄까?"

"국수는 됐어. 메뉴 개발하지 말라는 거 안 잊었지? 근데, 떡볶이가 밀떡이야, 쌀떡이야? 그게 중요한 거야?"

"중요허지! 식감이 달러! 우리 집은 두 개 다 있는디. 몰랐어?"

"아… 알지, 아줌마. 금방 내려갈게! 어묵은 서비스 해 줄 거지?"

전화를 끊으며 모두가 웃는다. 웃으면, 살아가는 거니까. 살다보면 진짜 웃음이 나오니까.

☼☆☽

"언니, 인스타 해킹당했어? 계정 왜 이래? 경찰에 신고했어?"

"은별아, 엄마 카드값 안 냈다고 정지당했대. 왜 이러니?"

"은별아, 아빠 이번엔 다른 사업을 해보려고 하는데. 사진 좀 찍으러 가자."

마음 세탁소에서 낯설고도 아름다운 하루를 보내고 온 뒤, 은별의 인스타그램 계정은 사라졌다. 눈물과 함께 마음의 얼룩을 지워낸 메리골드라는 마을이 이상하게 다정하고 포근했다. 불현듯 언젠가 가본 적이 있는 곳일 수 있겠단 생각이 스쳤다. 기억을 더듬어 오래된 사진 앨범을 꺼내어 살펴보니, 막내가 엄마 뱃속에 있고 어린 둘째와 은별이 손을 잡고 떠났던 여행의 사진 속에 우리 분식 간판이 찍혀 있다. 낡은 사진 속 선명한 글자에 놀란 은별은 왠지 모를 그리움에 사진을 손으로 쓰다듬는다. 어쩐지. 낯설지 않더라니. 은별이 그곳으로 간 건 우연이 아니라 운명이었던 걸까.

계정이 사라지자 누구보다 가족들이 가장 먼저 괴로워하고 화를 냈다. 하지만 은별은 계정을 복구시키지도, 새로운 계정을 만들지도 않았다.

은별은 변호사와 협의 후 광고 손해배상액을 전액 지불했고 화장품으로 피해 입은 이들에게 일일이 다시 사과를 했다. 예전처럼 공구로 돈을 벌지 않자 아파트에는 차압 딱지가 붙었고 집은 경매로 넘어갔다. 아빠의 사업도 당연한 수순처럼 파산했고 회생 신청이 기각되어 아빠는 사기죄로 2년간 수감되었다. 집이 차압되기 직전 은별이 타던 차와 가방들을 팔아 가족들은 예전에 살던 동네의 투룸 빌라로 이사를 시켜주고, 은별은 청년주거지원을 받아 원룸으로 독립을 했다.

우연히 벌게 된 많은 돈은 은별에게 모래성 같았다. 써도 사라지지 않을 것처럼 돈에게 오만하게 구는 이에게 돈은 신기루처럼 스르르 사라져버리고 만다. 무너지는 모래성을 보며 점점 마음이 편안해졌다. 가족들은 인스타그램을 다시 운영하라고 난리인데, 은별은 어떻게 해야 하는지 엄두조차 나지 않는다. 아무리 들여다보아도 피드에 어떤 사진과 글을 올려야 하는지 떠오르지 않는다. 정말 내가 이걸로 돈을 많이 버는 인플루언서였다고…?

"…나 회사 앞이야. 출근 해야 해. 각자의 문제는 각자가 해결하자. 끊어."

전화를 끊은 은별은 목에 걸린 헤드셋을 머리에 다시 쓰고 소음을 차단한다. 가족들 전화번호는 차단할까 말까…. 왜 나는 가족을 끊지 못하는 거지. 이상해. 물끄러미 휴대폰을 보고 신호등 앞에 선 은별의 어깨를 어떤 이가 가볍게 친다. 팀장이다. 은별은 석 달 전부터 프리랜서 홈쇼핑 MD로 일하고 있다. 신기하게도 구성하는 상품마다 매출이 급상승 곡선을 이루는 덕에 은별은 일이 재미있다.

"팀장님, 안녕하세요!"

"무슨 생각을 그렇게 해? 그나저나 은별 씨, 이번 공구 구성 어쩜 이렇게 했어? 건조한 시즌에 맞춰서 크림이랑 팩이랑 탁상용 가습기까지. 가격 대비 마진율도 높고, 소비자 만족도도 높고, 제품 판매 실적도 우리 팀 1등인 거 알아?"

"정말요? 와… 잘됐네요."

수줍게 웃으며 은별은 신호등을 힘차게 건넌다. 인생은 초록불인 것 같아도 노란불도 들어오고 빨간불도 들어온다. 가끔 빨간불에만 정체되어 있는 듯해도 어김없이 초록불이 된다. 초록불 다음엔 다시 빨간불. 우리가 할 수 있는 건, 그저 길을 걷고 신호등이 나오면 불빛에 따라 움직이는 일이다. 지금 내게 맞는 신호가 없다면 기다리고, 언젠가 신호가 올 때 또 다시 걷는 일이 아닐까.

"그래서 말인데, 지금 프리랜서 MD들 정규직 채용 전환 공고가 다음 달에 날 거야. 팀장 추천제가 있어서, 우리 팀은 은별 씨 추천하려고 하는데 어때?"

"저야 너무 좋죠. 추천 감사합니다, 팀장님. 열심히 해볼게요."

초록불.

이번엔 여과 없이 투명한 초록불이다.

"은별 씨는 주말에 주로 뭐 해?"

"저요, 핫플도 가고 하루 종일 늘어져 쉬기도 하고 그래요."

"아… 대체 일 안 하는 시간은 어떻게 보내길래 상품 구성을 이렇게 잘하나 해서. 안 쉬고 일만 하는 줄 알았지."

금요일 퇴근길, 옆 자리 이 대리가 은별에게 진심으로 궁금하다는 표정으로 묻는다. 정규직 전환이 된 은별은 요즘의 삶이 왠지 몸에 잘 맞는 편안한 옷을 입고 사는 느낌이다. 쉬는 날엔 친구들과 집에서 맛있는 음식을 만들어 먹고, 맛집에도 가고, 카페도 간다. 친구들과 찍은 사진을 인화해서 앨범에 차곡차곡 붙인다. 일이 끝나면 화장도 하지 않고 머리도 감지 않고 제일 편한 옷을 입고 모자를 푹 눌러 쓰고 걷는다. 목적 없이 걷다 보면 다리는 아프지만 이전에는 보지 못했던 풍경들이 보인다. 가끔 뛰기도 한다. 한참 뛰고 나서 땀을 흠뻑 흘리고 숨을 헐떡이며 심장이 빠르게 쿵쾅거림을 느끼는 순간, 살아 있다고 느낀다. 살아 있지만 살아 있는 날들이 별로 없었는데.

모든 것이 좋지는 않지만 많은 것들이 좋다. 가족에게 전해 들은 은별의 화려한 시절의 스포트라이트를 떠올리면, 그리움보다 몸서리치는 차가운 외로움이 먼저 느껴진다. 분명 좋은 순간들도 많았을 텐데. 좋았던 기억은 남겨두고 얼룩을 지울 걸 그랬나, 조금 후회도 한다. 생각이 많아질 때면 낯선 도시에서 만난 친구가 해준 말을 적어둔 노트를 꺼낸다.

"일단 살아. 죽지 말고 살아. 의미와 재미 같은 거, 산 다음에 찾아. 그리고 잊지 마. 너는 너로서 충분해. 하늘의 별 말고 네 안의 별을 봐. 어둠 속에서도 너는 빛나고 있어.

기억해. 네가 무엇이건, 화려한 옷을 입지 않아도, 지금 입은 얼룩덜룩한 옷을 입어도 이미 존재만으로도 별처럼 빛나고 있음을."

'언니, 저 잘 지내고 있어요. 보고 싶어요. 조만간 언니한테 갈게요. 그때 그 오빠도 면접 붙었는지 궁금해요. 하암… 편지 쓰고 싶은데 너무 졸리네.'

무거운 눈꺼풀이 눈을 감긴다. 졸리다. 졸려. 졸려서 좋다. 잠을 자서 좋다. 졸려서 잘 수 있음이 좋은 걸 아는… 오늘의 살아 있음이… 좋다…. 하암… 너무 졸리다. 생각은 내일 해야지.

스르르 잠이 든다.

진짜 미소를 머금고.

"해인아, 오늘 저녁에 퇴근하고 뭐 해?"

"별일 없어. 행사가 일찍 끝나서 퇴근하는 중이야. 저녁 먹을까?"

"좋지, 그럼 일곱 시에 동네 맨 꼭대기에 있는 마음 세탁소로 와. 연희랑 같이 보자. 이 형이 중대한 발표가 있으시다!! 하하하."

"좋은 일 있나 봐? 그래 그러자. 근데 세탁소에서 음식도 먹을 수 있어?"

"어, 거기는 그냥 세탁소가 아니야. 가보면 알아. 음식은 적당히 하나씩 사 가자. 너 포틀럭 파티 알지? 하하하."

호탕하게 웃으며 들뜬 재하의 목소리를 들은 해인은 빙그레 웃으며 전화를 끊는다. 재하와 연희는 태어날 때부터 친구였고, 해인은 초등학교 3학년 때 할머니의 동네로 이사를 오며 그들과 친구가 됐다. 사진작가였던 엄마와 클래식 피아노를 전공해 밴드에서 건반을 치던 아빠는 공연장에서 만나 사랑에 빠졌고, 해인과 셋이 단란한 가정을 꾸려나갔다. 정말 뜨겁게 사랑하는 이들을 하늘이 질투했던 건지,

교통사고로 엄마와 아빠는 동시에 세상을 떠났다. 어린 해인의 후견인으로 할머니가 지정되어 보험금이 지급되었다.

전학을 온 뒤로 말수가 적고 내성적인 해인이 혼자 다니는 걸 본 재하는 놀이터에 가자고, 달리기를 하자고, 숙제를 하자고, 밥을 먹자며 곁에 있기 시작했다. 재하의 친구 연희까지 셋은 동네에서 함께 자랐다. 일기장처럼 흑역사를 공유하는 세 사람 중 해인은 대부분 듣는 역할이다. 재하와 연희가 말하면 해인은 빙그레 웃으며 이야기를 듣는다. 해인은 속내를 말하지 않고 듣는 게 편안하다.

혼자 자란 해인에게 언어는 음악이다. 쳇 베이커, 듀크 웰링턴, 빌 에반스, 폴 데스몬드를 좋아한다. 그들이 연주하는 음악을 듣고 있으면 해인은 자유로워진다. 대학에서 미술사를 전공한 뒤 독립전시기획자로 일하며 사진을 찍고, 음악을 듣고, 말소리를 들으며 살아간다. 해인은 자신의 삶에 대체로 만족한다. 좋아하는 일을 하고, 음악을 듣고, 책을 읽을 수 있는 여유가 있는 삶이 때론 사치스럽게 느껴지기도 하지만.

재하의 전화를 끊고 버스에서 내릴 준비를 하며 재생 목록에서 〈Take Five〉를 플레이한다. 긴 하루의 끝에서 피아노, 드럼, 색소폰의 3박자로 연주하는 경쾌한 '5분간 휴식'을 들을 수 있는 여유만 있다면 오늘 같았던 어제도, 어제 같은 오늘도, 오늘 같을 내일도 견딜 만하다. 이어폰에서 흘러 나오는 선율을 따라 흥얼거리며 버스에서 내린다.

"빠바빠빠, 빰빰빠밤- 빠바빠빠 빰빰빠빰."

천천히 동네의 꼭대기를 향해 계단을 올라가며 음악의 속도만큼 심박수도 올라간다. 쿵, 쿵, 쿵.

"다 왔네, 경치 좋다. 이렇게 높은 데 올라오면 마음이 편안해져."

해인은 목에 걸려 있는 오래된 라이카 카메라를 들어 올려 사진을 찍는다. 마음 세탁소와 우리 분식 간판이 사이좋게 붙어 있는 걸 찍고 천천히 세탁소 주변을 둘러본다. 바닷가가 있는 도시의 꼭대기 끝에 있는 건물이라고 하기엔 수백년 전, 아니 시공간을 뛰어 넘은 세기의 목재로 만들어진 건물 같다. 구조가 왠지 익숙하다.

'정원 뒤쪽으로 돌아가면 옥상으로 올라가는 계단이 있을 거야. 꿈에서 봤나, 왜 이리 익숙하지.'

해인은 정원 뒤쪽으로 돌아가 옥상을 향해 올라간다. 아무도 없는 것 같지만 조심스럽고 조용히 계단을 오른다. 계단의 끝에서, 해인은 숨이 멎었다.

'뭐지, 이곳은…!'

세상의 끝에서나 볼 수 있을 것처럼 해는 가까이에서 크게 타오를 듯 빨갛게 지고 있었다. 기분 좋은 가을바람에 빨랫줄에 걸어둔 빨래들이 펄럭이고 있다. 물들어가는 하늘처럼 빨래도 물들어간다. 빨래가 바람에 마르는 풍경이 꽃잎이 날아다니는 듯 몽환적이다. 해인은 본능적인 이끌림으로 카메라를 들어 셔터를 누른다.

두 면은 바닷가고 두 면은 도시인 이곳은 지구상에 존재하지만 존재하지 않는 풍경 같다. 빨랫줄에 널린 옷들은 하얗다. 바람이 불자 옷에서 꽃잎들이 동그랗게 원을 그리며 흘러나온다. 낙하하는 저녁을 향해 빨간 꽃잎들이 춤을 춘다.

넋을 잃고 바라보던 해인은 카메라를 들어 눈앞에 보이는 믿을 수 없는 광경을 연속으로 찍는다. 살면서 다시는 이런 아름다움을 느끼지 못할 거라 예상되는 순간이 있다면 바로 지금 아닐까. 지는 해를 향해 빨려들어가듯 날아가는 꽃잎을 정신없이 찍으며 클로즈업을 하다 보니, 긴 속눈썹 끝에 걸린 눈물이 찍혔다.

'……!'

해인은 깜짝 놀라 카메라를 내린다. 침을 꿀꺽 삼킨다. 한 여자가 노을 진 하늘을 향해 꽃잎이 가는 길을 배웅하듯, 아주 소중하고 연약한 물건이 손에 담긴 것처럼 양손을 공손히 모으고 어깨 높이로 들어 올리고 있다. 눈을 감고 주문을 외듯 꽃잎을 날려 보내던 여자의 속눈썹 끝에 맺힌 눈물이 마침내 또르르, 흐른다. 눈물이 뺨을 스치고 지나 꽃잎에게 닿자, 빛이 번지며 날아가던 꽃들이 사라진다. 해인은 두 눈으로 본 광경이 믿기지 않아 카메라를 들지 않은 왼손으로 양쪽 눈을 부빈다. 몇 번이고 눈을 부벼대도 여자는 사라지지 않는다. 해는 사라졌고 노을의 잔해가 하늘에 담아 다가올 밤을 기다린다. 밤이 오는 길이 어둡지 않도록, 밤이 잠에서 깨어나 밤을 홀로 보냄이 외롭지 않도록 지는 해가 마중이라도 하듯이 찬찬히 밤이 오는 길을 비추고 있다.

여자는 올린 손을 툭, 떨군다. 아직 자신의 존재를 눈치채지 못한 여자를 향해 다시 카메라를 든다. 어딘지 익숙한 뒷모습이다. 빨래에서 나와 하늘로 향해 날아간 빨간 꽃잎들이 여자가 입은 옷에 꽃다발처럼 그려져 있다. 검은 바탕에 빨간 꽃이 가득한 옷을 입은 여자가 천천히 몸을 돌려 해인의 카메라를 정면으로 바라본다. 뷰파인더를 통해 본 눈동자는 검고 깊고 슬픔이 가득하다. 여자와 눈이 마주친 해인은 천천히 카메라를 내린다. 생경한 광경을 보았고 여자는 눈물을 흘린다. 해인은 여자를 향해 천천히 걸어간다. 가까워질수록 숨이 턱, 막힌다. 여자는 해인의 첫사랑과 너무 닮아 있다. 해인은 믿을 수 없다는 듯 눈을 비비고 고개를 흔들어 정신을 차리고 인사를 건넨다.

"안녕하세요. 놀라셨다면 사과드릴게요."

"아, 괜찮아요."

엉겁결에 대답을 내뱉은 지은이 스스로에게 놀란다. 어, 내가 왜 존댓말로 대답을 하지. 세기를 넘나들며 너무 오래 살고 나이를 많이 먹은 탓에 늘상 반말이 자연스러웠던 지은이다. 우는 걸 들켜서 그런 건가.

"어, 저는 재하 친구 해인이라고 해요. 오늘 여기서 만나기로 해서요."

"알고 있어요. 나는 세탁소 주인 지은이에요. 다른 사람에게 이런 장면을 보여준 적이 없는데. 놀라지는 않았어요?"

"아… 네. 저는 놀라진 않았어요. 그런데 사장님은 괜찮으세요?"

"누가 나한테 괜찮냐고 물어봐주는 거 오랜만이네. 매번 내가 물었는데. 괜찮아요."

"괜찮지 않다고 말해도 괜찮은데."

"나, 안 괜찮아 보여요?"

"……네. 눈물, 흘리셨잖아요. 꽃잎 날려 보내면서."

"다 봤구나. 괜찮은 척하는 것도 들키고. 오늘 본 건 비밀로 해줘요. 그나저나 꽃잎들이 왜 빨래에서 날아간 건지 궁금하지 않아요?"

"궁금하긴 한데, 다음에 말해주세요. 지금은 안색이 너무 안 좋아요. 따뜻한 물 있으면 드시고 들어가 좀 쉬는 게 어때요? 꽃잎 아니고 지은 씨가 이 바람에도 날아갈 것처럼 힘들어 보여요."

해인의 말에 지은은 피식, 웃으며 머리를 쓸어 넘긴다. 세탁소를 거쳐간 이들이 마음에서 지운 얼룩은 햇빛에 바싹 말리면 꽃잎이 된다. 해가 낙하하는 시간, 가장 빠알갛게 타오를 때 꽃잎을 보내 흔적 없이 태워버린다. 해에게 보내도 타지 못한 꽃잎들은 지은의 곁에서 살게 한다. 지은이 마법을 부릴 때마다 나오는 꽃잎은 백만 년의 세월 동안 해에게 가닿지 못한 사람들의 마음이고, 상처고, 얼룩이다. 그 장면을 해인이라는 남자가 보고 말았다. 놀라지도 않고 부드러운 어조로 말을 하는 남자의 차분한 음성에 지은도 마음이 부드러워진다. 이상하다. 어딘가 그리운 아빠의 눈빛을 닮은 듯하다. 아니, 수 세기 전 사랑했던 연인의 눈빛을 닮은 걸까? 어쩐지 그에게서 그리운 냄새가 난다. 긴 대화 없이도 해인이 상대를 존중하는 사람임이 느껴진다. 존댓말을 하는 것, 존중한다는 것, 존중받는다는 것…. 다정과 배려가 이런 걸까. 존댓말 이거, 얼결에 했지만 괜찮네. 세탁소 손님한테도 가끔 써볼까.

"누구보다 당신을 애타게 사랑하고 기다렸어요."

"…네? 어… 저, 저를요? 어… 감사한…데, 저…희가 방금 처음 만났…는데…."

얼굴이 새빨개져 당황하는 해인을 보며 지은이 웃음을 터트린다. 괜히 놀리고 장난 치고 싶은 마음이 든다. 대체

이 사람을 어느 세기에서 만났던 거지.

"꽃말이요. 이 빨간 꽃잎들은 동백이에요. 사람들 마음의 아픔과 상처가 깨끗하게 지워져서 다시 삶을 사랑할 수 있길 애타게 바라는 마음으로 이 꽃잎들을 하늘로 보내요. 그래서 노을 지는 시간에 보내요. 열렬히 타오르라고."

해인은 고개를 끄덕이며 경청한다. 말을 하며 점점 처음보다 표정이 나아지는 지은을 보며 해인은 안도한다. 처음 만났는데, 이상하게 왜 이렇게 신경 쓰이지. 첫사랑을 닮아서 그런가. 아니, 더 묘하게 사람을 끄는 매력이 있는 여자다. 둘의 주변을 빨간 꽃잎이 동그랗게 맴돈다. 지은이 타인에게 마음 속 이야기를 털어놓는 것이 꽃잎들도 신기한 모양이다.

"얘네들 예쁘죠. 꽃잎들은 제 감정에 따라 색이 바뀌는데, 대부분 빨간색이에요. 감정을 일정하게 유지하는게 더 편하니까요. 아, 제가 말이 많네요…."

울어서 그런가, 이 남자랑 대화가 하고 싶은 건가. 이유가 무엇이든 지은의 마음은 한결 편안해진다. 그나저나, 내가 마법을 쓰는 걸 보면서도 놀라지 않네. 존재만으로도 마음을 열게 하는 재주가 있다, 저 남자.

'부드러운 베이지색 같은 남자네.'

지은은 해인을 바라보며 어릴 적 덮었던 베이지색 이불

이 떠올랐다. 오랜만이다. 두고 온 그리운 어떤 물건이 생각나는 일. 해인의 곁을 스쳐 지나 계단을 내려가려던 지은이 멈춰 서 해인을 돌아보며 말했다.

"아, 카메라에 사진은 찍혀 있지 않을 거예요. 사람들이 나를 찍어도 볼 수는 없거든요. 난 내려갈 건데, 계속 여기 있을 건가요?"

허리를 펴고, 양쪽 어깨도 펴고, 몸을 꼿꼿하게 세운 여자가 해인을 향해 말한다. 괜찮지 않은데 괜찮은 척하는 여자의 목소리엔 아직 물기가 남아 있다. 해인은 말 없이 지은을 따라 걸어간다. 지은과 해인은 1층 바 테이블로 이어진 계단으로 내려간다. 해인이 올라온 계단과 반대 방향 계단이다.

"어머, 둘이 같이 내려오네요? 해인이랑 사장님이랑 벌써 만나셨구나! 제 친구 해인이에요!"

먼저 도착해 3단 찬합으로 된 도시락 통을 열고 있던 연희가 둘을 반긴다. 지은은 연희를 향해 고개를 끄덕, 하고 웃어 보이며 바 테이블의 안쪽으로 들어가 차를 내릴 준비를 한다. 이번엔 재하가 세탁소의 나무문을 열고 들어서며 잔뜩 기쁨에 찬 음성으로 크게 소리친다.

"여러분, 저 합격했습니다! 드디어 정규직입니다! 4대 보험이 됩니다, 이제! 하하하하!"

"야!!! 최종 붙은 거야? 어머, 세상에!!!! 축하해!!"

연희는 열던 도시락 통을 내려놓고 자리에서 벌떡 일어난다. 이상과 현실 사이에서 재하가 얼마나 오랫동안 진지하게 고민하고 방황했는지 알기에 축하를 하면서도 마음이 먹먹하다. 영화를 그토록 사랑하던 녀석인데, 마음의 얼룩을 세탁한 그날 이후 영화의 '영'자도 꺼내지 않고 안정적인 4대 보험이 되는 정규직 찾기에만 몰두했다. 연희는 아무래도 재하가 이곳에서 지운 얼룩이 영화를 만들던 그날들인 것 같다. 재하가 기억하지 못해도, 내가 기억해줘야지. 친구의 찬란했던 날들과 그 마음들을.

해인은 긴 다리로 성큼성큼 걸어가 재하가 들고 있던 치킨 두 마리를 받아들고 양팔을 벌려 안는다.

"축하한다, 재하야. 고생했어."

둘은 등을 두 번 토닥토닥 하고 떨어진다.

"워메, 저녁 먹으라고 부를라 했더니 다 모인 겨?"

우리 분식 사장이 김밥 두 줄을 들고 문을 열고 재하와 해인과 연희와 지은을 보며 웃는다. 검은 봉지에 든 김밥 두 줄을 지은 앞의 테이블에 툭, 놓고 이들을 둘러본다. 가만, 김밥이 부족한데.

"이모, 여기 앉아서 같이 드세요. 우리 오늘 음식 많아요."

"아이고 아니여~ 너덜끼리 먹어. 나는 아까 열무김치에 챔기름 두 바쿠 둘러서 보리밥 한 사발 비벼 먹었어. 우리 지은 사장님 오늘도 한 끼도 안 먹고 있을까 봐 왔는디 잘 됐네. 어묵 국물 필요하면 가게로 건너와아~ 맛나게들 묵어. 갈게~"

"고마워, 아줌마. 잘 먹을게."

김밥을 집어 들며 지은은 빙그레 웃는다. 사람들 곁에서 즐겁다. 즐거우면 불안하다. 마음 주면 또 헤어져야 하는데. 이들은 죽고, 나는 죽지 않으니 그리운 이들은 내 마음에 남아 내내 홀로 그리워하게 된다. 어느 순간부터 상처받기 싫어 사람에게 정이 가고 마음이 가면 떠나기를 반복했던 지은은, 마지막 생을 살기로 한 이곳에서는 마음의 경계를 느슨하게 풀어둔다. 그런데, 정말 이 생을 마감할 수 있을까. 생의 유한함이 지은에게도 해당될 수 있는 걸까. 그동안 꾸지 않았던 꿈을 꾸려는 지은은 이전과는 다른 불안이 어렴풋하게 든다.

'불안하지 않는 삶은 내게 허락되지 않은 걸까.'

지은은 불안에 대해 생각하며 사람들이 마실 찻잔을 뜨거운 물로 데우기 위해 주전자로 찻잔에 물을 담아 버린다. 먼저 찻잔을 데우면 따뜻한 온기가 차를 마시는 동안 지속된다. 모든 일에 저마다의 적당한 온도가 있듯 차를 우려내기 좋은 온도와 찻잔을 데우기 위한 온도는 다르다. 찻잔을 데우기 위해선 팔팔 끓는 뜨거운 물을 먼저 부어야 한다. 찻물은 혀가 데이지 않을 적당한 온도로 우려낸다.

“이 잔들 저쪽 테이블로 가져가면 되죠?”

“어, 굉장히 뜨거워요. 손으로 잡지 말아요.”

해인에게 존댓말을 하는 지은을 재하와 연희와 우리 분식 사장이 놀라 동시에 바라본다. 우리가 잘못 들은 건가… 귀를 의심한다.

“저기… 사장님 지금 해인이한테 존대하셨어요? 사장님도 존댓말 할 줄 알아요?”

“어… 내… 내가 언제! 말이 잘못 나갔어.”

놀라서 눈이 동그래진 세 사람에게 등을 돌린 지은은 찻잔에 찻물을 부어 해인에게 건넨다.

“이거부터 가지고 가.”

“에이, 그럼 그렇지. 사장님이 존댓말을 할 리가 없지. 배고프다, 일단 먹자.”

“먹자, 먹어, 먹어야 살지. 살려고 먹고, 먹으려고 살고. 먹고 살자!”

“그래, 오늘은 좋은 날이니까! 오늘 하루쯤은 마음 놓고 좋기만 하자.”

사람들은 즐겁다. 그리고 오늘은 지은도 즐겁다. 생을 10이라는 숫자로 표현한다면 즐거운 하루가 즐겁지 않은 아홉 날들을 견디게 한다.

"그런데 사장님은 매일 해 질 때마다 옥상에 서서 무슨 생각을 골몰히 하세요?"

김밥을 입에 넣고 오물거리던 연희가 지은을 향해 묻는다. 입가를 두 손으로 올리며 가짜 웃음이라도 함께 웃자던 그녀 덕분에 연희는 매장에서 진상 손님에게 시달려도 손가락을 들어올려 웃고, 세 걸음 뒤에서 버스를 놓쳐도 웃는다. 가끔 거울을 보며 억지로 웃어 보면 '조커' 같아 보이기도 하지만, 웃음을 선택하기로 한 그날부터 숨이 쉬어지는 순간이 늘어났다. 그리고 처음 세탁소에 발을 들인 그날부터 사장님이 혼자 있을 때 짓는 슬픈 표정이 신경 쓰인다.

"왜 궁금해, 그게?"

"그냥요. 옥상에 서서 해가 지는 방향으로 꼼짝 않고 서 있는 사장님 보면 꼭 노을로 빨려 들어갈 거 같아 보여서요. 말해주기 싫으심 안 하셔도 돼요! 헤헤."

멋쩍게 웃으며 머리를 긁적이는 연희를 바라보며 지은은 고개를 두 번 끄덕끄덕 한다. 잠시 고요한 정적이 흐른다. 아랫입술을 살짝 깨문 지은은 생각을 바꾼 듯 입을 연다.

"음… 초를 켜는 마음으로 사람들의 안녕과 평안을 빌어."

"초를 켜는 마음은 어떤 마음인 거예요?"

"기도를 할 때 초를 켜잖아. 초가 자신을 태워 환히 밝히듯 해가 지며 하늘을 환히 밝히는 순간에 세탁소를 거쳐 간 이들의 안녕을 빌어주는 거지. 마음 세탁소를 운영하기 이전에도 나는 사람들에게 위로 차를 건네며 마음의 얼룩을 희미하게 만들어줬거든."

"아… 세탁소 운영하신 지 오래되셨구나…!"

"오래오래 되었지. 사람은… 누군가 딱 한 명만 자신을 믿어주고 응원해주면 살 수 있는 거 같아."

"…한 명 만요?"

"응, 진정으로 믿어주는 한 명. 그 한 명을 만나기가 어렵잖아. 그래서 나는 그 한 명이 되어주고 싶어. 누군가 기도하는 마음으로 간절히 안녕을 빌어주면 더 살아갈 힘이 나지 않을까 싶어서."

지은의 말을 들으며 세 사람은 동시에 초를 켜는 마음에 대해 생각한다. 초 대신 지는 해의 빛을 바라보며 누군가의 안녕과 평화를 빌어주는 마음에 대해서도 생각한다. 그러고 보니 세탁비 대신 받은 친절을 어느 날 대가 없이 누군가에게 돌려주라 했던 사장님이다. 대체 무슨 사연으로 우리 동네에 온 것인지….

침묵을 깬 건 재하였다.

"해인아, 우리 음악 들을까? 사장님 애가 음악 좋은 거 잘 틀어요."

생각에 잠겨 있던 해인은 재하의 말을 듣고 눈썹을 움직여 알겠다는 대답을 한다.

"스피커 여기 있어. 블루투스 연결하자."

연희가 가방에서 스피커를 꺼낸다. 세 사람은 미리 맞추지 않아도 호흡이 척척이다.

해인이 음악을 선택하는 동안 지은은 찻물을 다시 끓이러 일어선다. 주전자에서 물이 끓길 기다리며 귀로는 음악을 듣는다. 부글부글, 오늘도 물은 기다려야 끓는다. 차를 마시기 딱 적정한 온도로 너무 뜨겁지도, 미지근하지도 않게 온도를 맞춰 돌아온 지은이 해인을 향해 말한다.

"쳇 베이커 〈Autumn leaves〉네? 오늘 같은 가을 밤에 듣기 좋다."

"맞아요, 혹시 쳇 베이커 음악 좋아하세요?"

"좋아해. 불안하고 뜨겁고 설레고. 청춘 같아, 쳇 베이커 음악은."

"청춘 같다… 비유가 어울려요. 어떤 음악 가장 좋아해요?"

"다 좋아해. 예전에 쳇 베이커랑 친했는데 그 친구가 약을 안 하고 행복하게 살다 갔으면 음악이 어떻게 달라졌을까 듣고 싶기도 해."

"아, 쳇 베이커랑 친하셨구나."

"넌 왜 안 놀라? 내가 정신이 좀 이상하거나 꿈꾸는 거 같다고 생각하지 않아?"

"생각하지 않아요. 왠지 지은 씨는 정말 쳇 베이커랑 친했을 거 같거든요."

"친했지. 당시엔 밴드 하던 친구들이 이야기를 하러 많이 와서 따라서 공연도 많이 다녔어. 쳇 베이커의 얼룩도 지워주고 싶었는데… 그럼 음악이 흔들릴 것 같더라. 때론 고통이나 슬픔이 살아가는 힘이나 예술의 원료가 되기도 하니까."

처음 보는 사람 앞에선 한 마디도 하지 않던 해인이다. 오늘따라 말을 많이 하는 해인이 놀라워 입을 떡 벌리고 두 사람을 번갈아 보던 재하는 '지은 씨'라는 말에 깔깔깔 웃으며 해인의 어깨를 친다.

"지은 씨라니 인마, 사장님이라고 불러야지!"

"사장님이라 부르면 너무 딱딱하잖아."

단정하고 차분한 어조로 해인이 대답한다. 해인의 말은 부드럽고 힘이 있어서 그렇다고 하면 그런 것 같은 기분이 든다. 납득되지 않는 일들도 해인의 입을 거치면 납득된달까.

"어… 그러면 우리도 사장님 말고 지은 씨라… 아! 꼬집지 마, 이연희!"

"눈치 없기는. 철 좀 들어라, 유재하! 낄 데 껴."

서른 하고도 세 살을 더 먹어도 어린 시절 친구들 앞에선 여전히 철들지 않는다. 아니, 철들고 싶지 않다. 시끌벅적하게 먹고 마시는 이들 속에서 늙지 않는 봉인에 걸린 지은이 함께 있다. 어린 시절부터 같이 자란 친구들의 유대감이 부럽다. 차근차근 나이를 먹어가며 주름진 얼굴을 보고 함께 늙어갈 이들 속에서 문득 외로워진다. 같이 늙고 싶다, 나도.

재하를 흘겨보던 연희가 해인을 향해 말한다.

"해인아, 여기는 지우고 싶은 마음의 얼룩을 지워주거나 구겨진 마음을 다려주는 곳이야. 지우고 싶은 마음 있으면 지금이 기회야."

"마음의… 얼룩?"

"왜, 이 상처만 지우면 살겠다, 싶은 순간들 없었어?"

"많지."

"그럼 사장님한테 부탁해봐."

"……"

대답 대신 해인도 찻잔을 든다. 한 모금, 두 모금. 차를 마시고 빙그레 웃으며 다음 음악을 검색한다. 말 없는 해인에게 더 이상 권유하지 않는 것이 좋다. 대답하기 곤란하거나 거절할 때 해인은 침묵한다. 해인의 침묵을 친구들은 캐묻지 않는다. 침묵할 만하니까 침묵하는 것이다. 침묵의 언어를 존중해주기. 대신 힘이 들 때는 말없이 곁에 있어주기. 세 사람의 암묵적인 룰이다.

"재하 너, 취직했다고 어머니가 좋아하시겠어?"

이번에 침묵을 깬 건 지은이었다. 재하의 얼룩을 세탁하던 날, 재하는 자신의 상처보다 연자 씨의 아픔을 지워달라 했다. 아직 오지 않을 연자 씨를 위해서도 마음의 초를 켜고 기다리고 있다.

"안 그래도 연자 씨랑 오면서 통화했는데, 소식 듣자마자 깔깔 웃더라고요."

"웃지, 얼마나 좋으시겠어. 연자 씨는 언제쯤 오신대?"

"아들 보러 맛있는 거 잔뜩 해들고 다음 주에 오시라고 했어요. 여기 같이 와도 되죠?"

"그럼, 오픈 이벤트 잊지 않았지?"

"아, 우리 사장님 센스. 안 잊었죠! 그럼요!"

재하는 연자 씨의 얼룩도 세탁해 달라는 자신의 부탁을 잊지 않고 기억해주는 지은이 고맙다. 고맙다는 말을 입으로 하면 될 텐데, 괜히 쑥스러워 비어 있는 지은의 접시에 연희가 싸온 과일을 담는다. 수북히 과일을 건네다 문득 지은의 꽃무늬 원피스의 꽃잎이 눈에 들어와 고개를 갸웃거린다.

"근데 사장님, 그 원피스 비슷한 패턴으로 여러 벌 가지고 계세요?"

"이 원피스? 아니, 하난데."

"어… 그래요? 지난번보다 꽃이 줄어든 거 같아요."

셋은 동시에 지은의 원피스에 그려진 꽃을 바라본다. 지은도 고개를 숙여 자신의 옷을 본다. 꽃이 줄어들 리가 없는데. 해마다 늘면 늘었지.

"그럴 리가. 오늘 재하 좀 피곤한가 봐. 이제 그만 돌아들 가, 세탁소 영업 준비해야 돼."

"오늘은 아무도 안 올 것 같은데 사장님 일찍 문 닫고 들어가시면 안 돼요? 피곤해 보이시는데."

대답 대신 지은은 빙그레 미소 짓는다. 서로를 걱정하는 사이. 피곤과 안부를 묻는 사이라니. 이생은 미련 없이 떠나고 싶었는데 벌써 곁사람들이 생긴 것인가. 소중한 존재가 생기면 지켜주고 싶다. 지켜주고 싶으면, 그들과 이별하기 어렵다. 그들은 늙어 죽을 수 있지만 지은은 죽을 수 없다. 그토록 많은 이별을 했어도 매번 가슴 아프긴 매한가지다. 하긴, 이생에 떠날 수 있을지 없을지는 장담할 수 없으니. 자신의 생을 반복하는 마법을 끝낸 적이 없다. 어쩌면 순리대로 늙는다는 건 축복이 아닐까.

"정리하고 돌아들 가. 난 세탁실로 올라갈게."

마음의 얼룩을 잔뜩 묻혀 올 어떤 이를 기다리며 지은은 계단을 걸어 올라간다. 휘청거리게 마른 지은의 뒷모습을 해인은 눈길로 배웅한다. 마음의 얼룩을 제거해주는 세탁소라니. 마음의 주름을 다려주는 세탁소라니. 그 세탁소를 운영하는 슬픈 여자라니. 지은이 2층으로 올라가 모습이 완전히 사라진 뒤에도 해인의 눈길은 오래도록 그 자리에 머물러 있다. 깊은 생각에 잠긴 채.

잘 살고 싶었다. 잘 산다는 게 무엇인지 모르겠지만 그저 남들처럼 평범하게 살고 싶었다. 하지만 '남들처럼 평범'이라는 게 얼마나 어려운 일인지 어린 연자는 일찌감치 알아버렸다. 알고 싶지 않았지만.

"연자야, 너 대학 등록금 말이야…."

늙고 왜소한 아버지가 초조하게 손을 쥐었다 폈다를 반복하며 연자에게 반쯤 굽은 등을 돌린 채 말한다. 아버지는 늘 불안하고 초조했다. 어머니보다 열 살이 많고 돈을 버는 재주가 없는 남자는 아이를 생산하는 일에 일조하는 재주만 있다. 무책임한 남자.

동생들이 태어나는 것을 보며 언제나 반에서 1등을 하던 연자는 이미 알고 있었다. 아무리 1등을 해도 대학에 갈 수 없다는 것을. 연자가 성인이 되는 순간부터 다섯 명의 동생들을 부양하는 일을 부모가 자신의 몫으로 돌릴 것을 알고 있었다. 알고 있지만, 공부라도 하지 않으면, 집중하지 않으면 지긋지긋한 집을 견딜 수 없을 것 같아 공부를 했을 뿐이다.

"아버지, 나 대학 안 갈거야."

연자의 말에 아버지는 '왜'인지를 묻지 않는다. 몇 걸음 떨어진 부엌에서 쌀을 씻던 어머니는 하던 행동을 멈추고 굳은 듯 그 자리에 서 있다. '왜'를 물어 무얼 한단 말인가. 이미 답이 정해진 것을.

연자는 방으로 들어와 둘째 동생과 셋째 동생을 지나쳐 짐을 싸기 시작했다. 말 없이 단출한 가방을 꾸려 그 길로 집을 나와 공단으로 왔다. 먼저 취직해 있던 옆집 언니 정순의 소개로 두부 공장의 생산 라인에 들어갔다. 딱 1년만. 딱 1년만 일해서 돈을 모아 대학에 갈 거다. 딱 1년.

"연자야, 왜 밥을 안 먹고 갔어. 따뜻하게 새로 지었는데. 방은 안 춥고? 지낼 만해?"

"……응…. 지낼 만해. 정순 언니랑 기숙사 방 같이 써. 여기서 잘 먹어."

"그래 잘 먹고 다녀야지……. 엄마가 해줄 수 있는 게 없어서… 에휴…."

어머니의 한숨 소리가 짙다. 연자는 체한 듯 가슴이 답답해진다.

"……괜찮아. 월급 나오면 돈 보낼게."

"미안해서…. 우리가 어떻게든 해볼게."

"뭘 어떻게 해. 아버지 이번에 팔 다쳐서 일도 못 나간다며. 일단 내가 보낼게."

"……고마워…."

착하고 힘 없는 어머니와 일용직으로 건설 현장에서 일하는 아버지는 평생 가난했다. 1년에 딱 한 번, 크리스마스 날 외식을 했는데 가는 곳은 매번 중국집이었다. 자장면 일곱 그릇에 공깃밥을 추가해 먹었다. 늘 모자라게 시킬 수밖에 없던 현실. 한창 커가는 동생들은 배가 고파 그릇을 혀로 핥으며 무섭게 먹는다. 그 모습을 보던 연자는 자신의 그릇을 동생들에게 밀어주고 단무지를 씹어 먹었다. 짭쪼름한 단무지를 한참 씹어 먹다 물을 마시면 배가 차는 거 같기도 했다.

지긋지긋한 가난. 그 가난이 진득하게 배어 있는 집이 지겨워 현실에서 도망쳤다. 더 나은 현실이 있을 거라는 안일한 생각은 희망이란 단어까지 품게 했다.

"연자야, 오늘 회식 한대. 같이 가자."

전화를 끊고 돌아선 연자의 오른팔에 팔짱을 끼며 정순이 신나게 말했다. 정순은 예쁘다. 취직을 한 뒤부터는 귀를 뚫어 커다란 귀걸이를 하고 미용실에서 머리를 하고 미니스커트를 사 입는 정순에게는 진한 화장품 냄새가 난다. 연자는 희미하게 웃어 보이며 고개를 절레절레 흔든다. 딱

1년만 여기 있을 건데. 이 공장 사람들이랑 어울리고 싶지 않다. 나는 여기에 오래 머물러 있지 않을 거야. 연자는 다짐하며 방을 향해 걸어간다. 공장에서 일한 돈을 모아 대학에 가고 취직을 하고 평범한 남자와 결혼을 하고 아이는 딱 한 명만 키울 거다. 아들이건 딸이건 상관없다. 작은 아파트에 살며 가끔 여행도 다니고 자장면은 가족 수대로 시키고 탕수육도 시켜야지. 평범하게 살고 싶다. 연자의 꿈은 단지 그것이었다. 세상에서 가장 어려운, '남들처럼 평범하게 사는' 것.

"연자, 오늘 향수 뿌렸어?"

"아니, 나 향수 같은 거 없는데."

"그래? 오늘 냄새가 평소랑 다른데. 너무 좋아."

애살맞게 연자의 어깨에 기대며 정순이 냄새를 맡는다. 정순의 코는 어린 시절부터 민감했다. 골목 끝을 걸으며 냄새로 저녁 메뉴들을 맞췄다.

"아… 오늘 비누 새로운 거 썼어."

연자가 쑥스러운 듯 웃으며 말했다. 정순은 연자의 어깨에서 고개를 들고 활짝 웃는다.

"그치? 거 봐, 오늘 다르다니까. 나는 냄새로 기억을 저장해. 이제부터 너는 비누 냄새로 기억할래. 음~ 좋아. 아기 냄새 같아. 나도 이 비누 써 봐도 돼?"

"…응. 그럼."

"좋았어, 그럼 너도 내 화장품 가끔 써도 돼!"

좋은 사람. 다정한 사람. 정이 많은데 순하기까지 해서 미워할 수 없는 사람. 곁에 있으면 누구나 편안해지는 사람. 정순은 그런 사람이었다. 연자는 정순의 말에 고개를 끄덕이며 걷는다.

"근데 언니… 오늘 회식은 어디로 가?"

"오늘? 중국집 간다는 거 같은데?"

"…중국집? 아… 그럼 나도 갈까?"

"좋지! 완전 좋지! 가자가자."

어쩌면, 이 정도면 남들처럼 평범하게 사는 거 같기도 하고. 연자는 속으로 중얼거리며 하늘을 올려다본다. 유난히 구름 한 점 없이 파란 하늘이다.

☼☆☾

"아주머니, 인원 수대로 자장면 주시고, 테이블마다 탕수육 대자랑 팔보채 하나씩 주세요."

스무 명 남짓한 직원들이 중국집에서 점심을 먹는다. 작업반장은 가끔 이렇게 회사 돈으로 호의를 부린다. 멀끔하니 도련님처럼 귀티 나게 생긴 남자가 왜 공장에서 작업반장을 하는지. 연자는 가끔 궁금했다. 궁금하지만 묻지 않는다. 묻지 않으면 대화할 일이 없고 오해도 갈등도 없으니까. 사람과 가까워지며 얽히고설켜봤자 머리만 아프다. 딱 1년만 일하겠다고 다짐한 이 공장을 3년 째 다니고 있는 이유도 스스로에게 물어봤자 머리만 아프다. 지난 달 입원한 아버지의 병원비를 생각하며 연자는 자장면을 비벼 한입 가득 입에 물고 씹으며 바삭한 탕수육을 집어 입에 넣는다.

"연자 씨, 누가 안 뺏어 먹어요. 그렇게 먹다 체하겠어요. 천천히 먹어요. 아주머니, 여기 사이다 한 병만 주세요."

대답할 겨를 없이 목이 막힌 연자가 쿨럭거리자 작업반장은 등을 두드리며 휴지를 건넨다.

"아… 고맙습니다."

"아하하, 연자 씨 중국 음식 좋아하나 봐요. 중식으로 점심 회식 잡으면 그때만 오잖아요."

"…아…… 네…."

연자는 작업반장이 사이다를 건네며 하는 말에 놀란다. 회식은 싫지만, 누구에게 양보하지 않아도 되는 자장면과 바삭하고 고소한 탕수육이 좋아 중식을 먹는 회식에만 나왔다. 회식을 빠진다고 눈치 주는 이들이 있지만 무슨 상관인가. 나는 내년에 여기를 떠날 건데. 그런데 작업반장은 왜 내가 중식을 좋아하는 걸 알고 있는 거지? 연자의 마음

속에 물음표가 생긴다.

“제가 그래서 요즘 중국집에서 회식을 자주 합니다. 연자 씨도 오시고 모두 함께하면 좋잖아요. 하하하.”

호탕하게 웃는 작업반장을 향해 고개를 끄덕 해보이고 연자는 면발을 들어 올린다. 면이 붇기 전에 먹어야 한다. 탕수육이 바삭할 때 먹어야 한다. 돈을 아끼기 위해 기숙사 밥만 먹는 연자가 유일하게 외식을 하는 시간이 지금이다. 작업반장이 남을 잘 챙기는 성격인가 보지…. 연자는 입으로 탕수육을 씹고 눈으로는 팔보채 접시를 보며 생각한다.

회식을 마치고 나오니 아직도 한낮이다. 뜨거운 여름날의 햇살에 눈이 부셔 얼굴을 찡그린다. 타오르는 7월의 태양이 이글거린다. 작업반장은 뜨거운 커피가 든 종이컵을 연자에게 건넨다. 커피를 받아들지 말지 물끄러미 바라보는 연자를 향해 그가 말한다.

“커피 안 좋아해요? 자장면 먹고는 이 봉지 커피를 마셔야 개운한데. 하하하.”

“아… 네…. 마실게요. 고맙습니다.”

가만히 서 있어도 땀이 줄줄 흐르는 뜨거운 여름날, 뜨거운 커피 잔을 받아든 연자는 당황스럽다. 커피는 좋아하지 않는다. 기호 식품에 맛을 들여봤자 돈만 나갈 뿐이다. 좋아해서 못 먹어 괴로우니 처음부터 안 먹어 좋아하지 않는 편이 낫다. 기대하지 않으면 실망도 없고 좋아하지 않으면 실망할 일도 적지 않은가. 연자는 좋아하기보다 포기하기에 익숙한 사람이다.

그런데 오늘따라 왜 이렇게 작업반장은 나한테 말을 많이 하는 거지. 부담스럽게.

"도통 사람들하고 어울리는 모습을 못 봤는데, 연자 씨는 쉬는 날 뭐 하세요?"

"…아… 저… 그냥 있어요."

"그럼 이번 주에 저랑 영화 보실래요?"

"……."

영화관에 가본 적 없는 연자는 뭐라 대답해야 할지 몰라 망설인다.

"영화 끝나고 연자 씨 좋아하는 자장면이랑 탕수육 사드릴게요. 하하하."

"뭐… 그래요."

연자의 대답을 듣고 나서 작업반장은 특유의 서글서글한 웃음을 시원하게 지으며 신이 난 듯 성큼성큼 앞장서 걸어간다. 땀이 주르륵 흐른다. 손에도 땀이 나 들고 있는 뜨거운 종이컵이 축축해진다. 연자는 그제야 커피를 한 모금 마신다.

가만히 서 있어도 몸이 익을 것처럼 태양이 뜨겁게 이글거리는 여름이었다.

☼☆☾

쾅쾅쾅! 쾅쾅쾅! 쾅쾅쾅!!!

아침부터 부서질 듯 문을 두드리는 소리에 잠이 깼다. 작업반장과 쉬는 날마다 영화를 보고 자장면과 탕수육을 먹던 연자는 어느 날 임신을 한 사실을 알고 공장 앞에 단칸방을 얻었다. 작업반장은 어머니 병간호를 핑계로 일주일에 사나흘은 본가에서 자고 온다며 집을 비웠다.

열쇠를 두고 간 건가? 임신 9개월의 무거운 몸을 이끌고 연자는 문을 연다. 문을 열자마자 눈앞에 번개가 치고 고개가 돌아간다. 뺨이 얼얼하다. 무슨 일이지…?

"야 이 년아, 어디 가정 있는 남자를 꼬여내서 애까지 가져? 근본 없는 년 같으니라고! 너 이러려고 일부러 공장에서 일하고 우리 남편한테 접근한 거지?"

타오르는 불꽃처럼 화를 내고 있는 여자를 보며 연자는 아득해진다. 이게 무슨 소리야. 뺨을 맞아 헝클어진 머리를 매만지며 연자가 묻는다.

"무슨 말씀이세요. 잘못 찾아오신 거 같아요."

"이 집에 살고 있는 작업반장 그 인간, 내 남편이라고!

나는 이미 애가 둘이야!!"

연자는 다시금 멍해진다. 어느새 여자는 연자를 밀치고 집으로 들어와 몇 개 없는 살림살이를 집어 던지고 있다. 불행이라는 게, 사고라는 게 예고를 하고 찾아올 순 없는 건가. 어떤 불행이 나를 기다리고 있으니 그 불행은 피해가시오, 혹은 불행하더라도 감당하겠소, 하고 선택할 순 없는 건가. 불행은 불행을 먹고 사는 건가.

문득문득 스쳐 지나가는 불안감과 어딘가 석연치 않은 느낌이 있었지만 묻지 못했다. 어머니가 아프시니 아이를 출산하면 혼인신고를 하고 결혼식을 하자고 했다. 하지만 가정이 있는 남자라니. 말도 안 된다. 그럼 내 배 속의 아이는…? 우리 아이는…?

그 순간, 연자의 가랑이 사이로 뜨거운 것이 줄줄 흐른다. 아이는 이런 상황에도 자신의 존재를 입증하고 있다. 고래고래 소리를 지르던 여자가 양수와 피가 섞여 줄줄 흐르는 연자의 다리를 보고 다시 소리를 지른다.

"어머, 어떡해!!! 양수 터진 거야? 이 인간 어디 있어? 미치겠네, 진짜!"

한 남자의 아이를 가진 두 여자가 서로를 마주본다. 이 순간 연자는 자신을 도와줄 이는 저 여자밖에 없다는 것을 직감한다. 연자는 서 있을 힘도 없어 배를 끌어안고 엎드리듯 주저앉아 여자에게 부탁한다.

"죄송해요…. 저… 아이가 나올 거 같아요… 도와주세요… 제발…."

말을 마친 연자는 몽롱해지며 정신이 흐려진다. 아이, 아이를 지켜야 하는데. 아이를 지켜야 해. 몸이 찢어질 것 같은 고통 속에서 어떤 기억이 연자를 스치고 지나간다. 너무 아파서 잊고 산다고 생각했던, 꽁꽁 숨겨둔 기억이다.

"연자야, 이거 먹고 있어. 엄마 금방 올게."

그날따라 예쁜 옷을 입히고 머리를 곱게 땋아준 어머니가 사람이 붐비는 기차역에서 연자에게 우유와 빵을 사주며 기다리고 있으라 했다. 그날의 어머니는 어떤 결심을 한 듯 결연해 보였다. 잡은 손을 놓으며 머뭇거리는 어머니의 손끝이 울고 있다. 정말 사랑하는 사람은 손끝에서도 감정이 느껴진다. 어린 연자는 묻고 싶었지만 묻지 못했다. 매일 슬퍼 보이던 어머니가 오늘은 편안해 보였다.

어머니의 뒷모습이 보이지 않을 때까지 인형을 끌어안고 바라보던 연자는 그제야 울기 시작했다. 소리 내어 크게 울지도 못하고 울다 우유를 먹었다. 빵을 아껴 먹어야 한다. 어머니는 금방 오지 않을 테니까. 어쩌면 아주 오랜 시간이 걸릴지도 모른다는 걸 다섯 살의 연자는 직감했다. 어린아이들은 어른의 감정을 본능적으로 안다. 연자는 울다 지쳐 대합실 자리에서 잠이 들었다.

"연자야, 엄마 왔어. 미안해, 우리 아가. 많이 기다렸지. 엄마가 미안해 아가…."

캄캄한 밤, 사람들로 붐비던 대합실의 불이 꺼지고 홀로 잠들어 있던 연자를 가슴팍에 끌어안으며 어머니가 운다. 뜨겁게 운다. 연자는 그제야 크게 울음을 터뜨린다. 가랑이 사이로 뜨거운 것이 흐른다. 화장실에 간 사이 어머니가 올까 봐 가지 못하고 참고 있던 소변이 터진다. 어머니는 왜 다시 온 것일까. 곱게 차려 입었던 어머니에게 왜 다시 왔냐고 묻지 못했다. 다만 어머니의 손을 꼭 잡고 놓지 않고 울었다. 크게 울었다. 그날 이후로 연자는 크게 운적이 없다.

"정신 차려!! 병원 가자. 여기서 애를 낳으면 안 되지! 내가 애를 어떻게 받아? 아우, 미치고 돌아버리겠네!!"

연자를 흔들어 깨우며 내 남자의 아내라는 여자가 소리친다. 내 남자의 아내는 난데. 나인데…. 양팔로 배를 부여잡고 고통을 느끼며 다리 사이로 흐르는 뜨거운 것이 아이가 아니길 바라며 연자는 정신을 잃는다. 인생이 나한테 이러면 안 되는데. 정말 안 되는데.

마음의 겨울을 지날 때 우리가 견딜 수 있는 이유는 이 계절이 지나갈 거라는 희망이 있기 때문이다. 희망, 그것은 사람을 살게도 하고 죽게도 한다. 마음에 봄이 오고 때론 여름으로 불타고 그 뒤엔 서늘한 가을도 올 것이라는 희망이 사람을 살게 한다. 희망마저 없다면 우리는 이 삶을 어떻게 견뎌낼까.

연자는 재하를 만나기로 한 세탁소 입구에 피어 있는 동백꽃을 보며 희망에 대해 생각한다. 10월에도 동백이 피어 있을 수 있구나. 바닥에 떨어진 동백꽃을 주워 손바닥에 올리고 한참을 본다.

"예쁘다, 너무 예뻐. 우리 재하도 이 예쁜 거 봤으려나?"

연자는 휴대폰을 꺼내 손바닥에 올린 꽃을 찍는다. 세탁소 입구의 꽃도 찍어 재하에게 사진을 전송한다. 좋은 걸 봤을 때 떠오르는 사람은 사랑하는 사람이다. 맛있는 음식을 먹었을 때 같이 먹고 싶은 사람은 사랑하는 사람이다. 재하, 이름만 불러도 가슴 아리게 사랑하는 우리 아기. 연자는 오랜만에 찾아온 동네를 둘러본다. 바다 냄새가 짭조름하게 섞인 공기를 맡으며 정순의 옆집에 살던 시절을 떠올린다.

재하를 낳은 뒤로 한 달에 한 번, 두 달에 한 번 오던 남자는 결국 아예 짐을 싸서 돌아섰다. 네 살짜리 재하가 바짓가랑이에 매달려도 남자는 가버렸다. 더 쾌적하고 나은 삶을 위해. 방 한 칸에 셋이 살고 화장실은 집 밖에 있는 이 삶에서 나가버렸다. 연자는 입술을 꽉 깨물고 그를 붙잡지 않았다.

연자는 살기 위해 닥치는 대로 일을 했다. 식당 찬모, 남의 집 가사도우미, 공장 생산직 등 할 수 있는 일이라면 무엇이든 하며 살던 어느 날, 연자가 일하는 식당에 정순이 찾아왔다.

"연자야, 니가 어쩌다 이렇게…! 대체 그동안 어떻게 산 거야…!"

그리고 한 달 뒤, 연자는 정순이 살고 있는 바닷가 마을로 왔다. 그곳이 이 동네였다. 공장을 그만두고 미용 학원을 다녀 미용실에 취직했다가 이 마을에 미용실을 차린 정순은 결혼하지 않고 혼자 살고 있었다. 미용실을 해서 번 돈으로 작은 집을 샀고 재하와 연자에게 방을 내주었다. 연자는 식당 찬모로 일하며 정순의 집 살림을 해주었다. 연자는 야무진 솜씨로 적은 재료로도 맛있는 걸 만들어냈다. 따뜻한 집에서 따뜻한 밥을 같이 먹으며 재하를 함께 키워냈다. 정순과 함께 살며 재하도 살이 오르기 시작했다.

정순이 말기 암으로 세상을 떠나던 날, 연자도 같이 따라 가고 싶었다. 하지만 재하, 재하가 있어서 연자는 살아야 했다. 뜨끈하고 작은 핏덩이 재하를 처음 안던 날, 연자는 스스로 죽을 자유 따윈 없어졌음을 알았다.

그리고 산다는 것에 지나친 의미를 부여할 여유 따윈 없었다. 태어났으니 사는 것이고 살아 있으니 살았다. 그리고 아직도 살아 있다. 어떻게 그 시간이 지나갔는지 모르겠다. 다 지난 일이지만, 떠올리면 어제처럼 생생하다.

가만, 정순 언니 집이 이 언덕에서 저쪽 골목으로 내려가면 있었는데. 아직도 그 집이 있으려나.

"워매, 연자 아녀! 잘 있었어? 이게 을매 만이여! 아직도 곱네 고와."

"어머, 아주머니 안녕하셨어요! 그대로시네요. 건강은 좀 어떠세요?"

"응, 나야 뭐 여기저기 아프지. 그래도 크게 아픈 덴 없어서 괜찮여. 늙은이는 아픈 몸 돌봐가며 사는 거 아니겄어. 재하는 요즘도 우리 집에서 밥 먹자녀. 재하 만나러 온겨?"

우리 분식 사장님이 불편한 다리를 끌고 장을 봐서 돌아오다 연자를 발견하고 호들갑스럽게 반긴다. 주름진 손으로 주름지기 시작하는 연자의 손을 잡는다. 두 여자의 손에서 오가는 온기가 많은 말보다 깊다.

"네, 사느라 바빴어요. 재하가 마음 세탁소에서 보자고 하더라고요. 아들 놈이 한동안 엄마는 오지 말라고 하더니, 이제 엄마가 보고 싶은가 봐요. 어제 전화 받고 한달음에 달려왔어요."

재하가 대학을 가며 그쪽 동네로 따라 이사를 나갔더니, 영화가 하고 싶다고 다른 대학에 입학하고 싶다고 했다. 대학에 들어간 후 재하는 혼자 살아보고 싶다며 엄마와 따로 살기를 원했다. 그리고 이리 저리 옮겨 다니다 결국 이 바닷가 마을로 다시 와서 살고 있다. 돌아보면 재하도 연자도 이 동네에서 가장 편안하고 행복했다.

"잘 됐네. 마음 세탁소 문 열려 있응게 미리 들어가서 기다리고 있어. 우리 지은 사장님이 아주 좋아. 만나고 있어봐."

"네, 그럴게요. 안 그래도 재하가 여기 세탁소 사장님이 주시는 차가 너무 맛있다고 자기 퇴근할 때까지 기다리면서 꼭 마시라고 하더라고요. 자기가 이야기해놨다고, 호호."

"아이고 그 놈, 아직도 좋은 거 지 에미 나눠주고 싶어서. 어릴 때부터 그랬잖여, 초코파이 하나 받으면 애들 다 까 먹는데 지는 가방에 넣어놨다 엄마랑 나눠 먹을 거라고. 이쁜 것. 훌쩍, 왜 눈물이 나여, 늙어서 주책이야. 그려, 들어가고 이따 갈 때 들러서 밥 먹고 가, 알았지?"

"…네, 고마워요."

우리 분식 사장이 앞치마로 눈물을 닦으며 돌아선다. 연자는 세탁소 문을 향해 걸어간다. 연자의 발걸음 옆으로 빨간 꽃바람이 길을 터준다. 발끝에서 맴도는 꽃을 보며 연자는 눈을 동그랗게 뜬다. 꽃바람이다. 꽃길이다.

"어디서 왔니, 너희 참 예쁘다…."

연자를 감싸고 맴도는 꽃길이 어서 걸으라고 재촉하듯 연자의 발끝에서 원을 그리며 뱅글뱅글 맴돈다. 태어나서 처음 보는 예쁜 꽃길, 연자는 그 길을 따라 세탁소의 문을 연다.

문을 여는 순간, 기다리고 있었다는 듯이 지은이 문을 열며 연자를 반긴다. 볼록하고 동그란 이마에 반듯하게 웃는 모습이 정순과 똑 닮은 지은을 보며 연자는 숨이 멎을 듯 놀란다. 지은은 연자를 향해 두 손을 모으고 정중히 인사하며 말한다.

"어서 오세요, 여기는 마음에 묻은 얼룩을 지우거나 다려드리는 마음 세탁소입니다."

꽃잎은 두 여자 주변을 다시 동그랗게 맴돈다. 건물 뒤편에서 연자가 꽃을 보며 기뻐하는 모습을 몰래 바라보던 재하의 곁에도 동그랗게 꽃잎이 맴돈다. 재하는 꽃잎에게 말한다.

"잘 부탁해. 내가 세상에서 가장 사랑하는 우리 엄마 연자 씨야."

재하의 곁을 맴돌던 꽃잎은 알겠다는 듯 층층이 꽃잎을 쌓으며 다시 날아간다. 꽃잎이 세탁소 안으로 빨려 들어가는 모습을 보고 나서야 재하는 뒤를 돌아 바닷가를 향해 걷는다. 바다의 품에 풍덩 뛰어들어야지. 바다의 품에 안겨야지. 바다는 많은 이야기를 품고 있다. 사람들의 비밀을 가슴에 안고 파도로 소멸시킨다. 그래서 바다는 깊고, 깊다.

"재하 어머니, 편하신 자리에 앉으시면 돼요. 저는 차를 좀 내올게요. 따뜻한 거 괜찮나요?"

꽃잎과 함께 들어온 연자는 입구에서 머뭇거리며 서 있다. 환대에 익숙지 않은 이는 습관적으로 낯선 상황에 경계심이 먼저 든다. 하지만 재하가 그리도 좋은 공간이라 이야기 했으니 필시 이곳은 좋은 곳일 것이다. 연자는 옆으로 멘 가방을 양손으로 꼭 붙들고 입구에서 가장 가까운 자리에 앉는다.

지은은 연자의 시간을 기다리며 차를 우린다. 낯선 상황을 거리낌 없이 받아들이는 이가 있고, 경계하며 공포스러워 하는 이도 있다. 오랜 세월 위로 차를 사람들에게 내어 주며 지은은 상대방의 마음의 경계가 풀리는 시간을 기다리며 존중하는 법을 익혔다.

연자는 천천히 공간을 둘러본다. 편안한 피아노 연주곡이 실내에 흐른다. 재하 친구 해인이가 좋아하는 음악이라며 집에 놀러오면 같이 듣곤 했던 음악이다. 음악을 들으며 휴대폰을 열어 재하에게 온 메시지가 없는지 확인한다. 아직 퇴근하지 않은 것 같은데 방해하지 말아야지. 연자는 꼭 쥐고 있던 가방을 옆자리에 조심스레 내려놓는다. 불편하지 않은 정적의 시간이다.

지은은 정성스레 차를 우려 연자에게 다가온다. 연자는 용기내어 입을 연다.

"안녕하세요, 재하한테 이야기 들었어요. 그 녀석이 워낙 상상력이 좋아서 이야기를 재미있게 만든 줄 알았는데, 독특한 컨셉의 세탁소인가 봐요?"

연자의 말에 지은은 찻잔을 조심스레 내려놓으며 빙그레 웃으며 고개를 끄덕한다. 눈을 마주치지 않고 연자의 찻잔에 차를 따른다. 오십 대 중반 정도 되어 보이는 연자는 머리를 단정하게 묶고 하얀색 니트에 편안한 검은색 정장 바지를 입고 있고 베이지색 면 재킷을 입고 있다. 화장기 없는 얼굴에 무엇 하나 튀지 않는 연자의 손이 거칠다. 고왔을 것 같은 작은 손에 굳은살이 박혀 있다. 연자가 천천히 위로 차를 마시기를 기다린다. 차를 반쯤 마셔야 마음이 풀리기 시작할 것이다. 때론 마법보다 시간을 존중하는 것이 더 깨끗하게 세탁을 할 수 있는 요인이 된다.

"제가 차를 즐기진 않는데 정말 맛있네요…."

수줍게 웃는 연자의 경계가 스르르 풀린다. 지은은 바 테이블 밖으로 나가 연자 옆에 의자를 하나 띄우고 앉는다. 얼굴을 마주 보지 않아야 연자가 편안해할 것 같다.

위로 차를 마신 연자는 어느새 재킷을 벗어 가방 위에 곱게 접어 올려 둔다. 스카프까지 푼다. 지금이구나.

"마음 세탁소에서만 드리는 위로 차예요. 제가 직접 만든 특별 레시피인데 한 잔 더 드릴까요?"

"아… 네…. 이렇게 차를 그냥 얻어 마셔서 미안해서 어쩌죠."

"괜찮아요, 재하 좋은 회사에 취업했잖아요. 재하가 와서 계산하기로 했어요."

재하 이야기에 연자는 수줍게 웃는다. 그리고 지은이 따라주는 두 번째 잔을 첫 잔보다 편안하게 올려 든다. 차를 한 모금 마시고 연자는 허공을 바라보며 말을 한다.

"이 동네는 정말 오랜만에 왔어요. 재하가 여기 와서 엄마 힘들었던 마음 편안해졌으면 좋겠다고 했는데 정말 이상하게 아까보다 마음이 편안하네요. 고마워요."

작게 소곤거리는 연자의 말을 들으며 지은은 자연스럽게 연자의 옆 자리에 앉는다. 거리가 조금 가까워졌다. 지은은 하얀색 티셔츠를 연자의 오른쪽 옆에 살며시 올려두며 말한다.

"사람은 누구나 마음에 상처와 아픔이 있잖아요. 종류가 다를 뿐이지, 누구나 저마다의 상처가 가장 아픈 거 같아요. 어떤 기억은 지우거나 다려서 더 편안해지지 않을까요? 재하가 어머니 마음에 얼룩을 지워드리고 싶다고 하더라고요. 이 티셔츠를 입으시고 2층으로 올라가셔서 지우고 싶은 얼룩을 눈을 감고 상상하세요. 그리고 저한테 주시면 깨끗하게 빨래해서 드릴게요."

"재하가 그래요? 녀석…. 뭐 그런 거까지 지가 신경을 써요…. 애면 애답게 굴어야지…."

지은이 건넨 티셔츠를 받아 들고 어린 아기를 대하듯 소중히 품에 안은 연자가 눈물을 글썽인다. 속 깊은 녀석. 재하는 늘 그랬다. 어린 아이답지 않게 어른스러웠고 엄마를 챙겼다. 연자는 오히려 그래서 마음이 아팠다. 사탕 사달라고 떼 한번 쓰지 않던 재하가 영화를 하겠다고 했을 때는 내심 기뻤다.

한숨을 내쉬며 연자가 말을 잇는다.

"지우고 싶은 마음의 얼룩이라. 많죠, 많아요. 어떤 얼룩부터 지워야 하는지 모르겠어요. 그런데 시간이 약이라는 말이 얄궂게도 맞더라고요. 그렇게 힘들었는데 지나보니 지나왔어요. 지우고 싶다기보다, 보고 싶고 마음 아팠던 순간들이 있어요."

연자의 말을 귀담아 듣던 지은이 묻는다.

"어떤 순간들이요?"

"재하 어릴 때, 집주인이 갑자기 다음 달에 방을 빼라는 거예요. 거기가 그 동네에서 제일 싼 방이었는데. 돈이 없어서 밤에 식당 일을 하나 더 했어요. 재하를 맡길 데가 없어서 며칠 식당에 데리고 나갔는데 눈치를 그렇게 주더라고요. 애가 설거지하는 엄마 옆에서 뭘 하겠어요. 그래서 정순 언니가 이 동네로 데려오기 전까지 한 달 정도 애를 집에 혼자 두고 자물쇠로 문을 잠갔어요. 어린 사내아이가 얼마나 혈기가 왕성한지 알아요? 애 허리랑 내 허리에 끈을 매달고 일할 수도 없고…. 혼자 두면 잃어버리겠더라고요. 그땐 애 잃어버리는게 세상에서 가장 무서웠어요. 다섯 살짜리가 뭘 알고 집을 찾아오겠어요. 밖에서 문을 잠그며 밖에서 얼마나 마음이 아프던지…. 애가 안에서 우는데 걸음이 무거워서…. 매일 문을 사이에 두고 둘이 울었어요…."

"……."

대답 대신 지은은 연자의 손을 꼭 잡았다. 연자는 지은의 따뜻한 온기를 느끼며 눈물을 닦지 않고 흐르게 둔다.

소리 없는 눈물이다.

"근데 그 어린 게, 에미가 우는 걸 알았는지 며칠 만에 울음을 뚝 그치더라구요. 어린 게 입술을 실룩거리면서도 울지도 않고 꾹 참는데…. 그게 또 속 아파서 걸어가며 혼자 울었어요. 애 있는 데서 울면 애가 얼마나 속상하겠어요.

내가 이 나이 돼서 보니 자식이 부모보다 나아요. 그리고 여기로 와서 정순 언니한테 폐 끼치는 줄 알았지만 염치 불구하고 살 수밖에 없었어요. 정순 언니는 햇살 같은 사람이었어요. 따뜻하고 똑똑하고 웃음 많은."

연자는 정순을 생각하며 이번에는 희미하게 미소 짓는다. 정순은 연자가 얹혀사는 걸 미안해 할 때마다 손을 내저으며 말했다.

"연자야, 우리처럼 사랑 못 받고 자란 년들끼리 부대끼면서 사랑해주고 살아야 돼. 사랑 많이 받고 자란 애들 구김 하나 없이 밝잖아? 우린 그늘이라 그 옆에 가면 눈부셔 타 죽어. 얘, 난 타 죽기 싫다. 우리끼리 서로 그늘 해주면서 살자. 난 연애에 하도 데여서 지긋지긋해. 결혼하긴 글렀어. 그러니까 니가 내 옆에 있어주라. 나 외로워, 너보다 내가 더 니가 필요해."

'있어 달라'든가 '네가 필요해' 같은 말들은 연자가 들어보지 못한 말이었다. 연자의 속을 편안하게 해주기 위한 정순의 말이라기엔 너무도 가슴에 사무쳤다. 햇살 같은 정순의 아픈 속을 연자는 자신의 아픔 때문에 보지 못하고 있었다.

그 뒤로 연자는 더욱 정성스레 정순을 위해 밥을 했고 옷을 다렸다. 밤에는 하루 종일 서서 일하느라 다리가 퉁퉁 부은 정순의 목욕 물을 받았다. 연자와 정순은 나이 터울이 두 살밖에 나지 않았지만 서로의 부모가 되어주었다. 정순이 암에 걸리고 병원에서 생을 마감하기 싫다며 항암 치료를 거부하고 집에서 몇 달을 살다 가기 전까지의 기억이 어제처럼 생생하다.

"생각하니까 같이 살던 정순 언니가 너무 보고 싶네요. 이제 세상에 없거든요. 재하가 왜 나더러 여기에 꼭 오라고 했는지 알 거 같아요. 이곳은 마음을 마구 풀어내는 힘이 있네요. 아까 꽃잎도 너무 예뻤어요."

이미 오래전부터 연자를 알고 있는 것 같은 기분이 들었던 지은은 자분자분한 연자의 목소리에 귀를 기울이며 끄덕이고 웃는다. 연자가 가슴속 끝의 말을 모두 풀어낼 때까지 들어주고 싶다. 연자는 골몰히 생각에 잠긴 뒤 다시 말한다.

"후회되는 일이 있는데…. 재하 아버지 그 인간이 재하 고등학생 때 자기가 죽을 병에 걸렸다고 연락이 왔어요. 얼마 못 산다고 재하를 보고 싶다는데… 양육비 한번 제대로 안 보낸 인간이 죽기 전에 자식은 보고 싶었나 봐요. 재하한테 만나러 갈 거냐고 물었는데 안 가겠다더라고요. 설득할 수 없었어요. 재하는 한번 결심하면 단호하거든요.

근데 그 인간이 죽었다고 연락이 왔어요. 그래도 지 애비 장례식장은 가야 하지 않을까 싶어서 어디 가잔 말도 안 하고 데리고 갔어요. 장례식장 앞에서 둘이 한참을 서 있다 그냥 돌아왔어요. 그때 안 들어가겠다던 재하 손을 붙잡고 들어가 애비 사진이라도 보여줬어야 하나 싶기도 하고…. 보면 뭐하나 싶기도 하고… 그래요."

연자는 이제 울지 않는다. 눈물도 아깝다. 그 인간한테는.

"사장님, 제가 너무 말을 많이 했지요? 미안해라. 이렇게 이야기하고 나니 속이 시원하게 풀려요. 고마워요. 사장님이 정순 언니 웃는 모습이랑 쏙 빼닮아서 처음에 깜짝 놀랐어요. 그래서 제가 지금 말을 더 많이 하나 봐요."

손수건으로 눈물을 닦는 연자를 보며 지은은 어느 생에선가 그녀를 만난 적이 있는지 떠올려본다. 흐릿하다. 기억력이 좋은 줄 알았는데 백만 번이나 태어나다 보니 이젠 모두를 기억하기 어려운가.

"말씀하시는 거 듣기 좋아요. 저 이야기 듣는 거 좋아하거든요. 사실 저도 어머니가 낯설지 않았어요. 아마도 우리 어디선가 만났을 거 같아요."

소리 없는 눈물을 흘리는 연자의 잔에 차를 따른 뒤 지은도 차를 마신다. 연자를 위한 특제 차인데, 세탁소 손님과 같은 차를 마시면 감정의 공유가 된다. 음악은 어느새 끊겼지만 오히려 정적이 편안해 내버려둔다.

“그런데 재하 어머니, 마음의 얼룩은 하나만 지워드려요. 그 옷을 입으시고 어떤 얼룩을 지울지 선택해 주셔야 해요.”

연자는 감고 있던 눈을 뜨고 지은을 향해 몸을 돌린다. 지은의 눈을 마주 볼 용기가 생겼다. 울음을 그친 연자는 옅은 미소를 띠고 있다.

“처음 보는 분 앞에서 울다니, 실례인 거 알지만 한참 울고 났더니 오히려 개운하네요. 오랜만에 울었어요.”

“괜찮아요. 이런 일 하다 보면 제 앞에서 안 우는 게 오히려 어색한 걸요?”

지은의 말에 두 사람은 깔깔 웃는다. 한참 웃고 나서 동시에 차를 마시고 내려놓는다.

“있지요, 전에는 내 불행이, 내 아픔이 가장 힘들다고 생각했어요. 그런데 살다 보니 모두 아픔을 간직하고 살더라고요. 제 불행만 불행이 아니었던 거죠. 저는 요즘 사는 중 가장 행복해요. 편안해요. 저녁 버스를 탔는데 노을이 너무 예쁜 걸 보면 눈물나게 행복해요. 어떨 땐 낮에 버스를 탔는데 버스에 저 혼자 있어요. 전세 낸 것처럼. 어디 여행 간 거 같더라고요. 사장님 버스 타보셨어요?"

"아… 버스요? 제가 집이랑 세탁소가 가까워서 어디 갈 일이 없어요."

"갈 일은 만들면 되죠. 다음에 버스 타고 시내 한번 나가보세요. 낮에 이 동네 풍경이 얼마나 좋은데요. 큰 창문으로 지나가는 사람들 구경도 하고."

연자의 말에 지은이 고개를 끄덕인다. 버스 여행이라, 이 생에서 하고 싶은 게 늘고 있다.

"행복한 일은 천지에 널려 있어요. 늦잠을 자서 출근해야 되는 줄 알고 허겁지겁 눈을 떴는데 알고 보니 주말이야. 안도하며 눈을 감아요. 마저 자는 잠이 얼마나 달큰한지. 저는 그냥 지금 이런 일상이 좋아요. 불행하다 느꼈던 상처를 지우고 싶던 순간이 물론 많았지만 그날들이 있었으니 오늘이 좋은 걸 알지 않겠어요. 불행을 지우고 싶지 않아요. 그 순간들이 있어야 오늘의 나도 있고, 재하도 있으니까요."

"아… 네…."

지은은 연자의 말에 놀라 눈을 깜빡인다. 연자를 데려가기 위해 곁을 맴돌던 꽃잎들도 멈춘다. 여려 보이는 연자가 실은 가장 단단한 이가 아닌가. 자신의 상처를 기꺼이 안고 가겠다니. 지은은 마음에 조용한 울림이 파장처럼 번진다. 파장은 음표가 되어 음악으로 울린다. 지은의 귀에는 연자의 말이 음악처럼 아름답게 들려온다.

"사장님, 저 지금 사이버대학교 다녀요. 상담심리학 공부 하고 있어요. 공부해보니 제가 가진 상처가 다른 이의 상처를 이해하고 공감하는 데 큰 도움이 되네요. 참 사는 거 이상하죠. 그때는 아파 죽을 거 같아서 제발 그만하게 해달라고 하늘한테 애원했는데, 돌아보니 그 상처들도 다 내 삶이었어요. 상처 없으면 나도 없더라고요.

이 공부 끝나면 식품영양학과에 입학할 거예요. 음식이 사람을 살게 하거든요. 배 속이 뜨뜻해야 살 힘도 나요. 열심히 공부해서 사람 살 힘 나는 음식을 파는 식당을 열 거예요. 이제 남은 생은 돈 벌어 하고 싶은 공부랑 일 실컷 하다 가려고요."

수줍게 웃으며 연자는 품에 꼭 안고 있던 티셔츠를 입는다. 지우지 않겠다더니 티셔츠를 입는 연자를 보며 지은은 조금 긴장한다. 지은이 읽지 못한 마음의 얼룩이 더 큰 게 남아 있었나. 티셔츠를 입고 바 테이블에서 일어선 연자가 지은을 바라본다.

"나는 내 인생 싫어하지 않아요. 전엔 나마저 내 인생 싫어하면 너무 안쓰러워 좋아하려 애썼는데, 이젠 있는 그대로 자연스럽게 좋아졌어요. 좋다고 생각해보면 내 인생이 너무 예뻐 보여요. 그래도 아들이 엄마 위해서 선물 주고 싶다니까 받을게요. 지우지는 않을 건데, 떠올릴 때 덜 아프게 주름만 조금 다려주세요."

연자의 말이 끝나자 숨죽이며 기다리고 있던 꽃잎들이 빙글빙글 돌며 움직인다. 지은도 웃는다. 연자의 다리 주변을 맴돌며 꽃잎들은 박수라도 치듯 활기차게 연자를 2층 세탁실 다리미 앞으로 데려간다. 연자는 놀라 눈을 휘둥그레 뜨며 꽃잎의 향연을 반긴다.

"어머, 얘들아. 너희 다시 봐도 참 예쁘다, 세상에. 오늘은 너무 신기한 날이네."

살아 있길 잘했다. 태어났으니, 살아 있으니, 살아지고 숨을 쉬었다. 죽지 못해 살았다. 하지만 이제 살아 있으니 살고 싶어지고 살고 싶어지니 사는 게 행복하다. 행복한 삶을 만드는 건 타인이 아닌 나의 마음가짐이라는 걸 연자는 오랜 시간을 지나 와서야 깨닫는다. 행복도 연습이 필요하다는 사실을 깨달으려고 그토록 긴 불행의 터널을 지나왔는지도 모른다.

살아 있는 한 모든 얼룩이 아름답다. 좋은 생각만 하기에도 인생이 짧음을 아는 오늘을 살고 있음이 좋다. 연자는 문득 생각에서 빠져나와 주름진 옷을 정성스레 다리는 지은의 뒷모습을 보며 '정순 언니가 딸을 낳았으면 딱 저렇게 예쁠 텐데….' 하고 생각한다.

"여기요, 주름들 판판하게 다렸어요. 하지만 아시죠? 옷을 입으면 다시 주름이 생기는 거."

"알다마다요. 주름도 이쁜 것도 다 내 삶인 걸요. 옷이 따뜻하네요. 고마워요."

옷을 받아 들고 지은의 손을 살며시 붙잡는다. 온기는 온기를 타고 심장으로 흘러 들어가 사람을 살게 하는 온기를 품게 한다. 연자와 지은의 온기가 서로를 오간다. 지은은 오늘따라 마음이 편안하다.

"연자 씨, 나 퇴근했어! 여기 있지?"

세탁소 문을 열고 재하가 부러 소란스레 들어온다. 지은과 연자는 동시에 웃는다. 꽃잎은 둘을 감싸고 1층으로 빙글빙글 돌아 재하 앞으로 내려간다. 2층을 바라보던 재하가 놀라 뒷걸음질 친다.

"아, 깜짝이야, 연자 씨 벌써 꽃잎 타는 거 적응한 거야? 역시 빨라. 메추리알 장조림 해왔지? 밥 퍼왔어. 밥 먹자! 사장님, 같이 드세요. 연자 씨 반찬이 기가 막히게 맛있어요!"

재하의 유쾌한 목소리가 공간을 가득 채운다. 세 사람은 함께 웃는다. 사람의 온기는 그 어떤 온기보다 강하고 따뜻하다. 조금 서늘한 가을 밤이지만 세탁소 안은 온기로 훈훈해졌다.

"근데, 오늘 사장님 원피스에 꽃잎들이 보라색으로 보이는데요?"

"그러니? 난 평소처럼 빨간색으로 보이는데."

"다시 보니 빨간색 같아요. 아깐 잠깐 보라색이었는데…. 연자 씨가 꽃을 좋아해서 그런가 요즘 사장님 옷에 자꾸 눈길이 가요. 하하."

똑똑똑.

그때, 문을 두드리는 노크 소리가 들린다. 누구지? 올 사람이 없을 텐데.

지은이 문을 연다.

"이연희 씨가 보낸 택배 왔어요. 여기가 마음 세탁소 맞죠?"

택배 기사는 작은 박스를 내밀며 사인을 요청한다. 세상이란 이리도 살기가 편안하구나. 연희가 어제 보냈다는 택배가 이 바닷가 도시에 하루 만에 도착하다니. 지은은 사인을 하고 송장을 넘겨주다 택배 기사의 손목에 눈길이 간다. 왼손에는 초 단위까지 숫자가 자세하고 크게 보이는 전자

시계를, 오른손에는 휴대폰과 연결된 시계를 차고 있다. 양 손목에 시계를 차고 있는 택배 기사는 송장을 받고 꾸벅 인사를 하고 뒤돌아 수령 시간을 기재하고 모자를 눌러 쓰고 어두운 골목길로 걸어간다. 그때였다. 어둠 속에서 누군가 지은을 지켜보는 느낌이 든다.

"누구지? 거기 누구야?"

어둠 속을 향해 소리치지만 아무런 인기척이 없다. 지은은 고개를 갸웃거리며 세탁소 문을 닫고 나와 골목을 살펴보다 이내 하늘을 향해 숨을 크게 들이쉰다. 바다의 냄새, 그리고 차가운 바람이 섞인 낙엽 냄새가 선선한 바람을 타고 깊게 들어온다. 낙엽을 태우는 자작자작한 소리가 들린다. 계절은 참으로 성실하다. 소리 없이 여름이 가고 가을이 왔으니.

"영희 삼촌이 택배 가져왔구나. 사장님, 아무도 없는데 뭐 해요? 얼른 들어와서 식기 전에 밥 먹어요!"

재하가 지은의 팔을 끌어당긴다.

"영희 삼촌?"

"네, 우리 동네 산지 오래됐는데 이름이 '김영희'래요. 어디서 왔는지 무얼 하던 사람인지 말은 안 하는데 동네에 무거운 물건은 다 배달해줘요. 높은 데 사시는 할머니들 짐도 들어다 드리고 힘 쓰는 일 부탁하면 군말 없이 도와줘요. 우리는 영희 삼촌이라고 불러요."

"좋은 사람이네. 들어가자."

밥을 먹어야지. 밥을 먹어야지. 그래, 밥을 먹자. 먹어서 또 살아보자. 살아서 연자 씨 말처럼 버스도 타고 동네 구경도 하고. 그러며 살아보자.

'살아보자' 라고 하는 말끝에 입꼬리가 조금 올라간다.

살아보는 것, 어쩌면 괜찮은 것 같기도 하고.

저녁을 먹고 연자와 재하가 돌아갔다. 다정하게 손을 잡고 돌아가는 모자의 뒷모습을 바라보며 그들의 평화를 마음으로 빈다. 스스로 봉인해둔 끝없는 삶의 반복을 풀기 위해 시작한 마음 세탁소다. 사람들이 마음의 상처를 모두 빼내고 싶어하지 않을까 싶었는데, 연자 씨처럼 조금만 다려달라 하는 이를 만나니 지은은 '마음'의 정체가 궁금하다.

그러고 보면 마음이라는 게 보이지도 않고 형태도 없는 것이 참 힘이 세다. 마음으로부터 시작되고, 마음으로부터 해결되고, 마음으로부터 끝이 난다. 마음으로부터 꽃이 피기도 하고, 마음으로부터 불행이 지속되기도 한다. 마음은 어쩌면 모든 끝과 시작의 열쇠인 것일까.

마음에 대해 생각하며 지은은 세탁소 문을 잠그고 택배 박스를 들고 우리 분식으로 걷는다. 그러고 보니, 마음에 대해 이렇게 생각해본 적이 있었나. 백만 번이나 태어나면서도 마음을 들여다보지도, 생각하지도 않고 살았다.

마음은 꽃과 비슷하다. 보살펴주고 햇빛을 쐬어주면 지기도 하고 피기도 하고 짓무르기도 하고 냄새도 나고 벌레도 생기고, 그러다 잎도 다시 피어나고 다시 꽃도 피는 존재.

아름답기도 슬프기도 한 양가적 이면이 마음인 걸까. 아름답기만 한 마음은 존재하지 않는 걸까? 아니, 과연 아름답다는 것은 무엇일까. 슬픔과 아픔은 아름답지 않은 것이고 기쁨과 환희가 아름다운 것이라는 말은 어쩌면 반대일지도 모른다. 슬픔과 아픔이 아름답고 기쁨과 환희가 아름답지 않은 것이라는 사실을 알면 무너질까 봐, 숨기고 있는 진실일지도 모른다. 모르겠다. 이리 오래 살아도 모르는 것 투성이라니.

"아줌마, 아직 문 안 닫았어? 무릎 아프다며, 연희가 이거 아줌마 거라고 택배 보냈어."

"아이고 연희가? 고 이쁜 것이… 이런 거 안 사줘도 되는 데이… 고마워라."

안 사줘도 된다는 말과 다르게 우리 분식 사장의 얼굴이 활짝 펴진다. 그러고 보니 사장이 요즘 들어 부쩍 무릎을 두드리는 횟수가 늘었다. 지은은 택배를 빨간색 테이블 위에 올려놓는다. 기름때로 눅진하던 테이블은 아직도 끈적거린다.

"아줌마, 이 기름때는 청소가 안 되나 봐?"

지은이 검지 손가락으로 테이블을 톡톡 치며 말한다. 우리 분식 사장은 다듬던 파를 내려놓고 행주를 가져와 테이블을 훔친다.

"이기 오래돼서 그런가, 안 지네. 우쩌겄어, 이리 닦아도 이런 걸. 괜찮여, 우리는 다 이런 거 괜찮은 사람들만 오는 겨."

"아줌마, 그래서 여기 포장 손님이 많은 거야. 이 안에 들어와 먹게 하려면 테이블이 깔끔해야지. 내가 새로 사줘?"

"아이고 됐어, 됐어. 여서 더 손님 많아짐 나 혼자 장사 못혀. 돈 더 벌어서 뭐햐. 지금도 충분햐."

테이블을 새로 사준다는 지은의 말에 우리 분식 사장은 다듬던 파를 흔든다. 그러고 보니 이 매장에 새 테이블이 들어오면 어울리지 않을 것 같기도 하다. 오래된 양은 냄비와 낡은 플라스틱 접시를 고집하는 이 공간이 왠지 모르게 편안한 건 사실이다. 지은은 다듬던 파를 치우고 택배 박스를 열어 약병을 확인하는 사장을 바라본다. 무릎을 두드리는 사장을 보며 지은도 무릎이 욱신거린다. 이상하다. 감정의 전이처럼 신체의 아픔도 전이되는 것인가.

"근데 그거 먹으면 무릎 안 아프대? 요즘 나도 무릎이 욱신거리네. 오래 살아서 그런가."

"그려? 이거 먹어봐. 젊을 때부터 관리해야 혀. 안 그럼 나처럼 늙어 고생햐. 자, 이거 한 통 갖고 가."

"아니야, 아줌마 먹어. 나도 연희한테 택배 시켜달라고 할게."

"아이고 괜찮여, 이거 먼저 먹고 시켜달라 그랴."

"그럼… 그럴까?"

못 이기는 척 약병을 받아들고 지은은 자리에서 일어선다. 이제 세탁소 문을 닫아야겠다. 우리 분식 사장이 지은이 세탁소 문을 닫고 나서야 가게 문을 닫고 간다는 것을 알고는, 낮 시간 즈음부터 오픈하고 새벽까지 세탁소 문을 열어두는 것을 멈췄다.

세탁소 불이 꺼질 때까지 기다려주는 마음. 인적 없는 밤에 꾸벅꾸벅 앉아 졸면서까지 기다려주는 그 마음이 처음에는 이해되지 않았지만, 여러 계절을 함께 보내며 요즘은 분식집 불빛에 묘한 안도감이 든다. 가끔 사장이 병원에 가느라 분식집 불이 일찍 꺼진 날이면 지은의 발걸음도 덩달아 힘이 없다. 사람이란 참 묘한 존재다. 서로에게 적당히 거리를 둬야 하지만 적당히 곁에 있어야만 살 수 있는 것인가.

분식집을 나서는 지은의 손에는 어느새 따뜻한 김밥 두 줄이 들어 있는 검은 비닐봉지가 들려져 있다. 지은의 다음 날 끼니를 위해 우리 분식 사장은 퇴근길에 늘 김밥 두 줄을 건넨다. 한 손에는 약병, 한 손에는 김밥 봉지를 든 지은이 문을 열다 뒤를 돈다.

"아줌마, 아프지 말고 관리 잘해서 오래 오래 살아. 병원비 아끼지 말고. 병원비 부족하면 김밥 값으로 내가 내줄게."

"그려 그려, 우리 지은 사장님 덕분에 든든허다. 늙은이 아픈 게 뭐 새삼스러울 일인가. 이제 여기 저기 아픈 몸 살살 달래가며 남은 날 사는 거지. 어여 들어가, 연자 맞이하느라 고생했어. 수고했어, 오늘도."

지은을 배웅하며 우리 분식 사장은 하품을 한다. 사장의 하루도 끝이 났다.

닫힌 유리문 밖으로 지은이 걸어가는 뒷모습을 흐뭇하게 바라본다. 당장 부스러져도 이상하지 않을 만큼 마르고 힘이 없던 지은이 조금씩 생기를 되찾아가고 있다. 지은은 우리 분식 사장이 매일 두 줄씩 건네는 김밥에 매일 다른 재료가 들어 있는지도 모른다지만. 버리지 않고 꼬박꼬박 먹는 거 같다. 그거면 됐다.

그러고 보니 사장의 곁에 아직 꽃잎들이 세탁소로 가지 않고 남아 있다. 빨간 꽃잎들이 사람처럼 서 있는 모습을 보고 꽃잎 하나를 톡, 치며 사장이 웃는다.

"꽃잎들아, 걱정 말아. 모든 일에는 때가 있어. 곧 좋은 일이 생길 거야. 그리 믿으면 그리 된다. 그러니께 너들도 너들 자리로 이제 가."

사장의 말에 꽃잎들은 뱅글뱅글 돌며 사라진다. 서로가 서로를 염려하는 온기로 가득 찬 이런 밤은 잠도 순하다. 골목을 환히 밝히는 은은한 달빛도 미소 짓는 밤이다. 이런 밤은 해가 비추지 않아도 낮보다 환하고 따뜻하다. 어둠 속에 있다고 꼭 어둠이 아니고 빛 속에 있다고 꼭 빛이 아니다. 어둠 속에 있어도 빛나는 게 있고, 빛 속에 있어도 어두운 게 있다.

오늘은 순한 밤이다.

바닷바람에 소문을 타고 언덕 끝 마음 세탁소는 한동안 찾아오는 이들로 붐볐다. 시험을 망쳐 속상한 마음을 지워 달라는 고등학생부터 시작해 각기 모양도 사연도 다른 얼룩으로 남은 상처들을 빼주고 다려주느라 바쁜 날들을 보냈다. 차를 부지런히 끓였고, 사람들의 이야기를 들었고, 꽃잎을 보내고, 세탁기와 다리미를 바쁘게 돌렸다.

금요일 밤이 되어서야 한가해진 세탁소는 다음 주 영업을 위해 일찍 문을 닫기로 했다. 간판에 불을 끄고 꽃잎들도 바닷가로 날려 보냈다. 꽃잎들은 빙글거리며 바람을 타고 향기를 내뿜는다. 지은은 이생에서 가진 두 가지 능력을 완성해 죽기로 결심한 뒤로 어느 생보다 활기차게 살고 있다. '죽다'와 '살다'는 한 음절 차이인데 무게감은 참 다르다. 죽기로 결심하며 살기에 열심인 오늘이다.

퇴근 후 재하와 연희가 세탁소에 올 때면 가끔 해인도 함께 와 같이 음악을 듣고 밥을 먹는다. 해인은 개인 사진전을 준비하고 있고, 연희는 우수 사원으로 10년 째 선정되더니 본사 서비스 교육팀 팀장으로 승진했다며 신이 나 있다.

서로의 일상을 공유하며 평화롭다고 느껴지기까지 하는 날들이다. 평화라니, 이런 마음을 누려도 되는 걸까. 정말 그래도 되는 걸까. 평화롭거나 행복한 감정이 들면 어김없이 그리운 이들에게 미안해진다. 그리움과 미안함이 범벅이 된 지은은 손을 움직여 하얀 티셔츠를 차곡차곡 접어 서랍에 넣는다.

"도와줄까요?"

늦은 오후, 쿠키를 사 들고 찾아온 해인이 티셔츠를 접는 지은의 곁에 선다. 대답 대신 눈길로 끄덕 하는 지은을 보며 미소를 띤 해인은 나란히 서 티셔츠를 함께 접는다. 깨끗하고 하얀 티셔츠에는 잘 말린 햇볕 냄새와 기분 좋은 세제 냄새가 났다.

'하얗고 냄새도 좋으니 기분 좋네. 마치 지은 씨 같아.'

"네?"

"아, 네? 제가 뭐라고 했어요?"

"하얗고 냄새도 좋으니 기분 좋네. 마치 지은 씨 같아, 라고요."

"…아…."

입 밖으로 혼잣말이 튀어나오는 줄 모르던 해인이 지은의 말을 듣고 놀라 귀가 홍옥처럼 익는다.

'이를 어쩌지.'

"어쩌긴 뭘 어째요. 제가 좀 하얗고 깨끗하고 냄새도 좋고 그래서 기분 좋게 하는 사람이긴 하죠."

"…네? 저는 왜 자꾸 생각을 혼잣말로 내뱉죠. 제가 원래 말이 많은 사람이 아닌데, 참…."

놀라는 해인을 보며 지은이 웃음을 터트린다. 참 순수한 사람이란 말야.

"저한테는 말을 하고 싶은가 보죠. 혹시 지금 시간 많아요?"

"어, 마, 많아요!"

"그러면 여기 이 티셔츠 좀 다 접어줘요. 나는 2층 정리 좀 해야 해서. 고마워요!"

해인에게 티셔츠를 한가득 건넨 지은이 빙글 뒤를 돌자, 빨간 꽃잎들도 한 바퀴 두 사람의 주변을 함께 맴돈다.

쿵, 쿵, 쿵. 이상하다. 왜 이렇게 심장이 빨리 뛰지. 뒤돌아선 두 사람이 마음에 손을 가만히 올린다. 똑같이 심장에 얹은 두 손을 서로는 보지 못한다.

"둘이 정리하니 금방 하네요. 오늘 좀 피곤했는데 고마워요. 시간 되시면 빨래 너는 것도 도와주실래요?"

"네, 좋아요. 무엇이든!"

말이 끝나자 빨간 꽃잎들이 두 사람의 발밑으로 몰려온

다. 에밀리 디킨슨의 시처럼 '영혼의 꽃마차'를 타듯 빙글 빙글 둘을 태운 꽃잎들이 사랑스럽게 맴돈다. 사랑에 빠지기에 필요한 시간은 얼만큼일까. 심장이 뛴다는 것은 이런 기분이었던 건가. 지은은 낯선 감정이 조금 당황스럽다. 하지만 기분 좋은 낯섦이다.

"이 꽃잎, 참 예뻐요."

"예쁘죠? 오랜 시간 이 녀석들 덕분에 외롭지 않았던 거 같아요."

"너무 고마운 꽃잎들이네요."

"오후인데도 햇살이 아직 좋네요. 빨래 마르기 딱 좋은 날씨다."

바구니에서 지은이 빨래를 꺼내 해인에게 건넨다. 해인은 빨래를 받아 두어 번 탕탕, 털어 빨랫줄에 가지런히 넌다. 두 사람의 등 뒤로 오후의 햇살이 따사롭게 빛난다.

햇살을 뒤로 한 지은을 보며 해인은 지금 이 순간이 영원했으면 좋겠다는 생각이 들었다. 멈추지 않길 바란 순간이 지금까지 살면서 있었던가. 슬픔을 속으로 감내해야 했던 해인은 언제나 시간이 빨리 지나길 바랐고, 무언가를 가지고 싶어하는 욕망보다 있는 그대로의 현재를 받아들이는 일에만 익숙했다. 그런데 마음에 낯선 바람이 분다. 언젠가 미래에 꺼내어보고 싶은 하나의 장면이 있다면, 바로 지금 이 순간이 아닐까.

"하얀 빨래가 옥상에 널린 풍경 너무 예쁘죠?"

"네, 너무 예뻐요. 사진기를 가져 올 걸 그랬어요."

"눈으로 담아요. 그리고 마음으로 담아요. 진짜 아름다운 풍경은 사진에 담기지 않잖아요. 사진을 찍는 것도 좋지만, 영원히 간직하고 싶은 순간은 잠시도 놓치지 않고 찬찬히 느끼며 마음에 담아두는 게 좋은 거 같아요."

지은의 말에 해인이 고개를 끄덕인다. 마주 보며 웃는 두 사람의 청량함이 닮아 있다. 두 사람은 하얀 빨래가 나부끼는 옥상에 나란히 서 해가 지는 풍경을 바라본다. 영원히 간직하고 싶은 아름다운 한 순간이, 바로 지금 이 순간이다.

☼☆☽

"쿵 쿵 쿵!"

빨래를 널고 내려오니 누군가 문을 세게 두드린다.

"사장님, 택배 왔습니다."

연희가 보냈다는 영양제가 도착했나 보다. 서랍을 닫고 택배를 받으러 문 앞으로 걸어간다. 지은이 걸을 때마다 검정색 스커트에 새겨진 빨간 꽃잎들도 춤을 추듯 움직인다.

택배 기사 영희 삼촌이 내민 송장에 사인을 해 건네던 지은은 그가 손목에 찬 두 개의 시계에 눈길이 간다. 맞아, 이 사람 전에도 두 개의 시계를 차고 있었지. 송장을 돌려받은 영희는 전자시계를 보고 택배 수령 시간을 기재한다.

지은에게 택배를 건넨 영희는 할 말이 있는 사람처럼 머뭇거리며 서 있다. 마침내 결심한 듯 모자를 벗어 한쪽 겨드랑이에 끼우더니, 반을 접고 다시 반을 접은 종이를 주머니가 여섯 개 달린 조끼의 안주머니에서 꺼낸다. 고개를 숙인 영희는 귀퉁이가 닳고 헤진 종이를 펼쳐 지은에게 내민다.

"저… 예전에 이 종이를 우연히 받게 되어 보관했어요. 여기… 맞나요?"

마음의 얼룩을 지우고,
아픈 기억을 지워드려요.

당신이 행복해질 수 있다면
구겨진 마음의 주름을 다려줄 수도,
얼룩을 빼줄 수도 있어요.

모든 얼룩 지워드립니다.
오세요, 마음 세탁소로.

-주인 백-

지은은 구겨진 종이 위에 적힌 글귀를 눈으로 따라 읽으며 고개를 끄덕인다. 수없이 펼치고 다시 접기를 반복한 듯 종이는 거의 찢어지기 직전의 상태로, 테이프로 간신히 고정되어 있다. 이 종이를 어떤 마음으로 가슴 안에 간직하고 다닌 걸까. 어쩐지 딱 1인분의 위로 차가 남아 문을 닫고 지은이 마시려던 참이었다. 오늘의 위로 차가 필요한 사람이 여기 있었구나.

"여기 마음 세탁소 맞아요. 이 종이는 오픈 초기에 만들었던 건데 오랜만에 보네요. 여기가 오늘 배달 끝집이죠? 잠깐 들어와서 목 좀 축이고 가요."

"아… 제가 배달하느라 옷이 땀에 절어서 냄새가 날 텐데…."

"괜찮아요. 여기 세탁소잖아요. 금방 해결해요. 들어와요."

머리를 긁적이며 머뭇거리는 영희다. 들어가고 싶은데 들어가도 될지 고민하는 표정이 역력하다. 지은은 문을 열어 안쪽으로 들어오라는 손짓을 보낸 뒤 먼저 들어선다. 문을 열고 들어오라 청하는 건 지은의 몫이지만, 문턱을 넘는 용기는 들어올 이의 몫이다. 크게 숨을 쉬며 바닷가 쪽 하늘을 향해 꽃잎에게 신호를 보낸다. 바닷바람을 묻혀 돌아온 꽃잎들이 세탁소 주변을 뱅글뱅글 돈다. 영희는 꽃잎을 보고도 놀라지 않는다. 사실 예전에도 본 적이 있기 때문이다.

마음 세탁소가 피어나던 그날, 영희도 우연히 건물이 피어오르는 광경을 목격했다. 배달을 마치고 차에서 잠깐 잠이 들었다 깨어난 그의 앞에서 펼쳐지는 장면을 믿을 수가 없어 몇 번이고 눈을 비볐다. 그리고 재하와 연희가 세탁소를 기웃거리다 들어가는 모습을 지켜보았다.

그때부터 영희는 배달 트럭 창문으로 날아온 종이 한 장을 주머니에 넣고 다니기 시작했다. 계절이 지나도록 지은과 세탁소를 드나드는 이들을 지켜보았다. 겁이 많기도 했지만, 이 마을을 처음 찾은 낯선 이가 이유 없는 친절을 베풀 리 없다고 생각했다. 마음 세탁소에서 선의를 핑계로 나쁜 일이 일어나면 당장 달려가 구해줄 생각이었다. 배달을 다닐 때마다 시간대별로 세탁소에 대해 기록했다.

헌데, 계절이 지나도록 세탁소에서 나오는 이들은 모두 입가에 잔잔한 미소를 머금고 나타났다. 어떤 이는 눈물을 흘리며 나왔고, 어떤 이는 한숨을 쉬며 나왔지만 그 모든 얼굴에서 개운하고 시원한 해소의 감정이 느껴졌다.

영희의 의문은 세탁소 주인인 여자로 향했다. 매일 저녁마다 지는 해를 바라보며 눈물을 흘리는 여자. 흐르는 눈물마저 꽃잎처럼 보이는 여자를 지켜보았다. 누구를 해칠 사람은 아닌 것 같았다.

영희는 굳게 다문 아랫입술을 깨물며 결심한 듯한 표정을 짓는다.

“만약 생에 단 한 번 행운이라는 것이 주어진다면 지금일지도 몰라.”

혼잣말을 중얼거리며 세탁소의 나무 계단 끝에 신발에 묻은 흙을 털어낸 뒤 아까 벗은 모자를 두 손에 꼭 쥐고 시계를 본다. 저녁 7시 7분에서 8분으로 넘어가고 있다.

“7시 8분….”

시계 위에 빗방울이 떨어진다. 후두두둑, 소나기다.

굵은 빗방울에 놀란 영희는 무의식적으로 비를 피하기 위해 성큼성큼 일곱 개의 나무 계단을 올라 꽃 처마 밑에 섰다. 영희는 문을 여는 일이 늘 어려웠다. 택배 배달은 문을 열지 않아도 수취인들이 문을 열거나, 문 앞에 택배를 두고 올 수 있어 선택한 일이었다. 손잡이를 잡고 문을 여는 일. 누군가에겐 별일이 아니지만 누군가에겐 마음의 준비가 필요한 일이기도 하다.

세차게 쏟아지는 빗방울에 흔들리는 나뭇잎을 향해 고개를 끄덕, 하며 다시 시계를 본다. 7시 11분, 세탁소 안으로 들어선다. 어떤 3분은 라면이 맛있게 끓어오를 시간이고 어떤 3분은 30년간의 세월을 압축해둔 시간이기도 하다. 멈추었던 그의 시계가 심장 속에서 째깍째깍 움직이기 시작했다.

터질 것 같다. 심장인지, 시계인지.

오전 8시 55분. 현관문 앞에서 가방을 멘 영희는 초조하게 시계를 보고 있다. 불안하게 손톱을 질근거리다 9시가 되자 어쩔 수 없이 문을 열어 집을 나선다. 이 문을 열지 않을 수 없을까. 혹은 영원히 닫아 두거나.

"김영희, 지금 몇 시야? 이 자식은 맨날 지각이야. 옆으로 가서 손들고 서 있어!"

교복이 흠뻑 젖을 정도로 등에 땀이 흐른 영희는 학생주임의 호통에 손을 든다. 손을 들고 운동장을 뛰고 화장실 청소를 하는 것이 익숙한 '상습 지각생' 영희의 학교는 집에서 도보 십 분 거리다. 교수 아버지와 변호사 어머니 그리고 전교에서 일 등을 하는 잘난 형 영수와 함께 살고 있는 집이다.

바쁜 가족들에게 시간을 지키는 일은 아주 중요하다. 영희는 가족들이 모두 나간 뒤 식탁에 놓인 제 몫의 샌드위치 두 조각을 천천히 씹어 먹는다.

이 집은 정확히 10시에 일하시는 아주머니가 오셔서 오후 2시까지 청소, 빨래, 반찬 등을 해주신다. 아주머니는 정확히 오후 2시 10분에 그날의 업무를 기록한 뒤 퇴근한다. 영희는 가끔 이 시간에 집으로 도망쳐온다.

"형도 이 동네에서 공부를 제일 잘하고 너희 부모님은 교수에 변호사신데 니가 이렇게 맨날 지각해서 되겠어! 니 형 반만 따라가보지. 으이구… 쯧쯧. 들어가!"

무표정하게 손을 들고 서 있는 영희를 향해 학생주임은 혀를 끌끌 찬다. 같은 중학교를 졸업한 형은 공부를 잘하기로 동네에서 유명했다. 영희 옆에서 손을 들고 있던 아이들은 그를 잡아먹을 듯 노려본다. 영희는 그들의 눈치를 보며 학생주임에게 말한다.

"저… 선생님…. 저도 화장실 청소 할게요…."

"화장실 청소는 무슨! 들어가! 거기 너희 둘은 얼른 가서 1층 화장실 청소 하고! 지각 좀 하지 마라, 이것들아!"

그는 영희에게 화장실 청소를 시켰다는 사실이 학교발전위원회에서 회장직을 맡고 있는 영희 부모님의 귀에 들어가기를 우려하는 모양이다. 차라리 귀에 들어가는 게 나을 텐데. 영희는 힘없는 걸음으로 2층 교실로 올라간다. 문틈으로 교실 안을 보니 이미 1교시 수업이 한창이다. 문을 열어야 한다. 눈을 질끈 감고 문을 연다.

반 분위기는 싸늘하다. 영희는 수업을 하고 있는 선생님께 고개를 푹 숙여 인사하곤 자리에 앉았다. 이제부터 시작이다. 제발, 제발, 제발. 수업이 끝나는 종이 울릴 때까지 초침과 분침 소리가 크게 뛰는 심장 소리처럼 들린다. 불안하다.

딩동댕동.

쉬는 시간을 알리는 종이 울린다. 선생님은 책을 챙겨 나갔고 시끄러운 초침과 분침 소리도 멈추었다. 눈을 질끈 감은 영희 앞에 그 아이들이 왔다.

"야. 너 오늘 일찍 와서 우리 자리 청소해놓으랬지. 내 말이 말 같지 않냐?"

영희는 고개를 들지 못하고 눈을 꾹 감는다. 가방을 끌어안는다. 도망가야 해, 도망가야 해. 속으로 외치는 영희의 머리 위로 하얀 액체가 쏟아진다. 쿰쿰한 냄새. 오늘은 그나마 하얀색이구나.

"아이고. 손이 미끄러졌네? 미안해라. 야, 이거 너 마셔라."

영희의 머리 위로 반쯤 상한 우유를 붓던 진수는 이내 영희의 입을 벌려 우유를 들이붓는다.

"컥, 컥, 하…하지…마…."

"뭐라는 거야, 이 자식이. 야, 너 지금 나한테 하지 말라고 했냐? 미친 새끼. 얘 끌고 나와."

"자…잘못했어…. 미…미안해."

"아이고, 미안하셨어요? 그러게 미안할 짓을 왜 해? 꼬우면 니네 부모님한테 일러보든가."

영희가 울며 끌려 나가도 반 아이들은 진수를 말릴 엄두를 내지 못한다. 진수는 전교에서 가장 싸움을 잘하는 아이다. 영희는 간절한 얼굴로 반 아이들을 바라보지만 진수의 고함에 모두 눈을 피한다. 일전에 반 아이 하나가 담임 선생님을 불렀다가 진수에게 된통 당한 적이 있기 때문이다. 영희는 체념한 듯 눈을 감는다. 시간만 지나면 된다. 조금만 견디면 수업이 시작되고 진수의 폭행과 괴롭힘은 끝이 날 것이다. 이 시간만 지나면, 지금만 견디면…. 정말… 끝이 날까?

딩동댕동. 딩동댕동.

그때, 다음 시간을 알리는 종이 울렸고 진수와 패거리들은 자리로 돌아갔다.

멈추었던 초침과 분침이 그제야 다시 흘러가기 시작한다. 어떤 10분은 영원보다 길게 느껴진다. 영원보다 긴 10분이 지나갔고, 50분이 지나면 다음 영원이 올 차례다. 영희는 맞은 티가 나지 않도록 교과서를 들고 책상 깊숙이 머리를 숙이며 시계와 문을 번갈아 바라본다. 도망치고 싶다. 저 문을 열고, 다시 쉬는 시간이 되기 전에. 그들이 다시 내게 몰려오기 전에. 문을 열고 뛰어 나가고 싶다. 원하는 것은 그것 하나뿐인데, 그 하나가 그토록 어렵다.

"비 소식 없었는데 갑자기 내리네요. 옷이 젖었죠? 일단 수건으로 몸 좀 닦으세요."

세탁소 안으로 들어와 눈을 감고 서 있는 영희를 향해 지은은 수건을 내밀었다. 어떤 기억 속에 머물고 있는 그의 표정에 뒤틀린 괴로움이 느껴진다. 때로는 세탁보다 온기가 필요한 이들이 있는데 그가 그렇다. 할 수 있다면 그의 마음을 꺼내어 안아주고 싶다. 지은의 마음을 읽은 꽃잎이 치맛자락에서 빠져나와 영희에게 하얀 티셔츠를 가져다준다. 꽃바람에 눈을 뜬 영희의 일그러져 있던 표정이 서서히 펴진다. 그는 습관적으로 시계를 보며 시간을 확인한 뒤, 꽃잎을 한 번 보고 지은을 본다.

"실례 좀 하겠습니다…. 감사합니다…."

꾸벅, 고개를 숙이고 지은이 건넨 수건으로 물기를 닦고 꽃잎들이 건넨 티셔츠를 손에 쥐고 방금까지 떠오른 생각을 떨치기 위해 고개를 흔든다. 30년 전의 기억이 어제처럼 생생하다니. 괴로운 기억에서 벗어나고자 멀리 이 도시까지 도망쳐왔고 오랜 세월이 지났는데도, 진수 패거리에게 폭행을 당하던 기억은 사라지지 않는다. 어떤 짧은 기억은 사람을 살게 할 수 있지만, 어떤 기억은 이리도 오래 사람을 따라 다니며 마음을 비튼다. 벗어나고 싶다. 벗어날 수만 있다면 어떻게든 벗어나고 싶다.

"이리 앉으셔서 차 한잔 드세요. 마침 딱 한 잔이 남았는데, 영희 삼촌을 위한 거였네요."

지은이 위로 차를 머그잔에 가득 담아 건넨다. 영희가 차를 마시기에 거부감이 없도록 부러 편안하고 투박하게 생긴 잔을 골랐다.

목이 말랐던지 그는 미지근한 위로 차를 단숨에 마셔버린다. 마음 아픈 이에게는 어떤 말도 위로가 되지 않는데, 누군가에게 위로 차를 건넬 수 있는 자신의 능력이 있어 다행이라고 생각됐다. 가만, 영희에게서 나는 이 냄새, 낙엽이 타는 냄새, 익숙하다. 왜지.

"저… 사실은 제가 마음 세탁소를 오랫동안 지켜봤습니다. 악의는 없었고, 믿겨지지 않는 광경을 목격한 뒤로 동네에 이상한 일이 생길까 싶어서요."

지은의 생각을 읽기라도 한듯 영희가 말한다. 그러고 보니 차의 효험이 도는 시간이다. 그의 경계심은 확연히 줄어들었고 꽃잎은 빙글빙글 돌기를 멈추고 다시 지은의 원피스 무늬로 들어간다.

"줄곧 누군가 지켜보는 느낌이 들었어요. 그때마다 낙엽이 타는 냄새가 났는데 영희 삼촌이었군요. 악의가 담긴 시선은 아니라 기다리고 있었어요. 언젠가 내 앞에 나타날 것 같아서요. 우리 세탁소가 꽤 흥미롭긴 하죠."

반쯤 웃음을 머금은 지은의 눈빛이 장난기로 빛난다. 이곳에서 꽤 많은 이들을 만나 그런가, 요즘 들어 말도 많아지고 농담도 하고 싶다. 물론 상대는 지은의 말이 농담인 줄 모르지만.

"아… 네. 지켜보는 거 눈치채고 계셨군요. 불편하셨다면 사과드립니다."

"사과는 받아들일게요. 그리고 괜찮아요."

"저… 그런데 혹시 오래된 마음의 얼룩도 지울 수 있나요?"

"지금까지는 가능했어요. 방금 꽃잎이 건넨 그 티셔츠로 갈아입고 2층 세탁실로 가세요. 눈을 감고 지우고 싶은 기억을 상상하시면 얼룩이 옷에 번질 거예요. 그걸 세탁하면 마음의 얼룩이 빠지는 거죠. 알고 계시죠?"

"네. 그리고 옥상 위 빨랫줄에 널고…. 참, 궁금한 게 있어요."

"네, 말씀하세요."

"빨랫줄 위에 있는 잘 마른 옷들은 어디로 가나요? 그

옷들도 꽃잎이 됩니까?"

평소와 달리 속에서 많은 질문이 터져나온다. 그간 입을 굳게 닫고 살아왔는데, 이상하게 오늘은 용기 비슷한 게 자꾸 생긴다. 무슨 일이지, 대체.

"지금 들고 계신 그 옷이, 옥상 햇빛에 잘 마른 옷이에요. 마른 옷에서 꽃잎은 나오지 않아요. 매일 오후 지는 해를 향해 날아가는 꽃잎들은 사람들 마음의 얼룩에서 나온 상처예요. 잘 말라서 꽃이 된 상처를 해를 향해 보내요. 뜨거운 태양빛에 타서 빛이 되고 밤에는 별이 되기도 해요."

"말도 안 돼요. 상처가… 어떻게 꽃잎이 되고 빛이 될 수 있나요?"

"말이 안 되는 일을 말이 되게 하는 게 마음 세탁소예요."

"…그래도 제 상처는 꽃잎까진 될 수 없을 것 같아요."

"그렇게 생각할 수 있죠. 누구나 자신의 상처가 가장 크고 아파요. 너무 아픈 상처는 연고를 바를 용기도, 치료할 용기도 나지 않아 꺼내보지 못하고 마음 안에 꽁꽁 숨겨 두고 살아가요. 몸에 난 상처는 피가 말라 딱지라도 지는데, 마음에 난 상처는 딱지가 지지도 않죠. 베인 데 또 베이면 더 아픈데, 마음도 자꾸 베여 아프고요."

"…맞습니다…. 아파요…."

옷을 물끄러미 보던 영희는 조끼를 벗어 의자에 걸쳐놓은 뒤 하얀색 티셔츠를 입고 시계를 본다. 저녁 8시 55분이다. 어느새 시간이 이렇게 훌쩍 가버렸다니…. 놀란 눈으로 지은을 본다.

"사장님, 제가 너무 오래 있어서 불편하신 거 아닌가요?"

"오래 계시긴 했어요. 영희 삼촌 얼룩에 비하면 그리 오래도 아니지만요. 괜찮아요."

지은은 영희의 마음을 읽는다. 지은이 팔짱을 끼고 빙그레 미소 짓고 있는 걸 보며 꽃잎은 영희 삼촌의 발끝을 맴돌다 나비의 날갯짓처럼 팔랑거리며 2층을 향해 올라간다. 영희는 어서 오라는 듯 주변을 맴도는 꽃잎을 따라 한 발자국을 내딛는다.

뚜벅 뚜벅. 그의 발자국에는 온 생이 담겨 있다. 차를 마시고 이야기를 나누는 것만으로도 생을 건 발걸음을 내딛는 용기가 생긴다는 사실이 믿을 수가 없다. 영희는 크게 숨을 들이키며 단단한 다리로 발걸음을 내딛는다. 뚜벅뚜벅, 세탁실을 향해 걸어 올라간다. 그가 입은 옷은 군데군데 서서히 얼룩이 번진다.

어느덧 시간은 저녁 9시 5분을 지나고 있다.

저절로 열린 문을 지나 영희는 계단을 올라 잠시 눈을 감는다. 숨을 고르고 세탁실에 들어선 순간, 햇살이 비춘 듯한 착각이 느껴졌다. 밤이고, 실내였기에 햇살일 리 없지만 햇살 같았다.

오랫동안 지켜봤던 공간인데, 실내는 밖에서 볼 때보다 따뜻하고 편안하다. 밖에서 보이는 것과 안에서 보는 것은 언제나 다르다. 안과 밖의 다름을 결정짓는 온도는 어쩌면 개인의 생각과 시선일지도 모른다. 사람은 자신이 보고 싶은 것을 보고, 듣고 싶은 것을 듣고, 느끼고 싶은 것을 느끼니까. 또 사람은 자신이 보여주고 싶은 것을 보여주고, 들려주고 싶은 것을 들려주니까. 창밖에는 아직도 소나기가 세차게 내린다.

"아침에 확인할 때 오늘 일기예보에 소나기 소식이 있었습니다. 강수 확률이 30프로라 신경 쓰지 않고 나왔는데 비가 내리네요."

"그렇군요, 일기예보를 매일 확인하시나 봐요."

"아무래도 배달 일을 하니까요. 사장님, 사람 인생에도 일기예보가 있다면 좋겠습니다. 며칠은 소나기가 내리겠지만 다음 주쯤이면 해가 뜰 것이고 내일은 흐리지만 비는 오지 않을 것이라고 알려주면 좋겠습니다. 조금만 버티면 덥지도 춥지도 않은 날들이 당분간 이어질 것이라고 알 수 있다면 얼마나 좋을까요."

"그렇게 알려줄 수 있다면 좋겠네요."

내리는 비를 보며 아련하게 말하는 영희의 가슴 속에서 뜨거운 몽우리가 잡힌다. 속에서 불이 타듯 뱅글뱅글 맴돈다. 가슴에서 불이 올라올 때마다 삼키는 일에 익숙한 그였다. 하지만 오늘은 속의 불이 말이 되어 나온다. 흐르는 문장을 볼 수 있다면 아마 활활 타는 붉은색일 것이다. 일그러진 붉은 마음의 초상을 지은은 보면서도 모른 척한다.

주춤거리던 영희는 세탁기 앞에 서 있는 지은의 뒤쪽에 있는 테이블로 가 앉는다.

"때론 사는 게 죽는 것보다 힘들 때가 있어요."

영희의 말에 지은이 뒤를 돈다. 그렇다. 사는 건 죽는 것보다 힘들다. 죽을 용기로 살아내라고들 하던데, 정작 죽어본 적은 없으니 죽을 용기가 얼만큼인지를 가늠할 수 없다. 얼만큼 용기를 더 내어야 살아갈 수, 아니 행복하게 살아갈 수 있단 말인가. 지은은 오랜 시간 생을 버텨내 온 영희의 고단함을 깊이 공감해 끄덕, 한다. 많은 말보다 한 번의 끄덕임이, 눈빛이, 공명으로 울려 퍼질 때가 있다. 지은의 끄덕임에 영희는 가슴이 뜨거워진다.

"그렇죠. 얼만큼 더 힘을 내고 열심히 살아야 하는지 모르잖아요. 알 수 없는 인생이니 힘들다고 느끼는 거 당연해요. 저도 그런걸요."

"사장님처럼 아름답고 모든 걸 다 가진 것 같은 분도 그래요?"

"…제가 모든 걸 다 가진 것처럼 보여요?"

"네."

"그리 봐주니 고맙네요. 모든 걸 다 가졌을 수도, 아무것도 가지지 못했을 수도 있죠. 그런데 인생이 무언가를 가진다고 행복해지나요?"

"아…… 모르겠어요."

"살아가는 힘은 소유의 문제가 아닌 거 같아요. '슬픔을 회복하는 힘'이나 '오늘 하루를 잘 버텨낸 나를 칭찬하는 에너지' 같은 거라면 모를까."

"그런 힘을 가지는 마법이 있다면 좋겠어요."

"어머, 제가 왜 그 생각을 못 했지요? 그런 마법을 좀 연구해 봐야겠는데요?"

지은은 일부러 과장되게 눈을 동그랗게 뜨며 손을 입에 댄다. 장난기 가득한 지은의 표정에 영희의 남은 긴장이 마저 풀린다. 그가 입은 옷에 얼룩이 번지며 진해지고 있다.

하얗던 티셔츠가 얼룩덜룩해지는 걸 내려다보며 영희가 말한다.

"제 형의 이름은 영수인데, 둘째는 딸이길 바라는 마음에 영희라고 이름을 지어두었대요. 저는 태어나면서부터 부모님의 기대를 저버린 아이였어요. 어머니와 아버지와 형은 반짝반짝하고 멋진데, 저만 초라했습니다. 공부도 못하고 학교 시절 내내 왕따를 당하고 친구들한테 맞아도 차마 집에 이야기를 못 했어요. 부모님이 실망하실까 봐. 형보다 못난 저를 창피해하시는 거 같았어요. 하루하루를 버티듯 산 거 같아요…."

어떤 슬픔은 너무 짙어 울음도 나오지 않는다. 마른 울음으로 눈물을 삼키며 영희가 담담하게 지난날을 이야기한다.

"고등학교까지 버텼어야 하는데, 그러지 못했어요. 부모님은 반대하셨지만 학교에 더 다니다가는 제가 걔네들을 죽일 것 같았어요.

자퇴하고 검정고시로 고등학교 졸업장을 따던 날, 어떤 책에서 읽은 장면을 떠올렸어요. 무작정 기차역에 가서 '오늘 출발하는 가장 빠른 표로 주세요'라고 말하는 장면이었죠. 무슨 배짱이었는지… 짐을 챙겨서 기차역으로 가 똑같이 따라 했어요. 그게 우리 동네, 메리골드였죠.

여기 오니까 아무도 저를 몰라서 편안했어요. 학교를 다니지 않아도 되고, 저를 괴롭히는 그 아이들도 없고요. 부모님은 돌아오라고 성화셨고 몇 번이고 저를 찾아 사람을 보냈지만 거절했어요."

지은은 영희의 말을 들으며 오른손을 한 번 돌린다. 영희가 더 편안히 말을 할 수 있도록 조명의 조도가 낮추어진다. 가만히 들어주는 사람이 앞에 있음에 안도감을 느낀 영희는 말을 이어나간다.

“한 반년 정도… 바닷가를 걸어 다니고 마을을 매일 걸어 다녔어요. 눈뜨면 나가서 걷고 해지면 잠시 쉬었다 또 걷고. 걷다 보니 온 동네 지번을 외웠습니다. 그렇게 걷다가 배달할 사람을 구한다는 글이 적힌 종이를 봤어요. 그때부터 이 동네에서 배달 일을 시작했죠.”

“힘들지는 않았어요?”

“몸은 힘들었습니다. 그런데 제가 물건을 가져다주면서부터 사람들에게 고맙다는 말도 듣고, 이전과 다르게 쓸모 있는 사람이 된 거 같았어요. 학교에서 친구들한테 맞고 집에서는 늘 형보다 못난 동생이었는데… 그렇게 이 동네에서 매일 물건을 배달하고 하루를 견디며 오늘까지 살고 있어요. 살고 버티다 보니 사장님 같은 분도 만났네요.”

“그래서 지우고 싶은 얼룩이 어떤 거예요?”

“오랫동안 생각했습니다. 이 동네에 와서 쓸모 있는 사람으로 인정받으니 괜스레 제가 더 좋은 사람이 된 거 같았거든요. 그런데 왜 저는 다른 사람에게 인정받아야지만 쓸모 있는 사람이라 여겼는지 모르겠어요. 가족들만큼 잘나지 못한 게 잘못은 아닌데…. 친구들에게 맞으면서도 그게 부당하고 나쁜 일이라고 세상에 말할 용기가 없었습니다. 제가 못나서 맞는 거라고 생각했습니다. 많은 불행이 제가 부족해서 오는 거라고 생각했습니다. 모든 일이 나 때문이라고 자책하던 저의 과거와, 누군가에게 인정받아야만 안도했던 날들, 가족들 때문에 생긴 시간에 대한 강박을 지우고 싶습니다."

"그런 이유로 시계를 자주 보신 거군요…. 그동안 고생 많았어요."

"……이제 이 티셔츠 벗어서 세탁기에 넣으면 됩니까?"

쏟아내듯 말을 마친 영희는 개운한 표정으로 얼룩진 옷을 벗어 탈탈 털어 손에 쥔다. 지은이 오른손을 두 번 돌리자 빨간 꽃잎들이 빛을 내며 영희의 손에 있는 옷을 사뿐히 들어다 세탁기로 함께 들어간다. 꽃잎과 영희의 얼룩진 옷이 함께 세탁된다. 마음을 열어 빨래할 수 있다면 지금이 아닐까. 입을 벌리고 황홀한 광경을 바라보는 영희를 향해 지은이 낮은 목소리로 말을 건넨다.

"영희 삼촌, 지난 시간들도 오늘 하루도 견뎌내느라 수고 많았어요. 내일은 버티지 말고 조금은 웃으며 살아내봐요. 하루 지나 모레도 버티지 말고 조금만 즐거워봐요. 견디고 버티고 그러다 보면 살아지긴 하는데, 그게 너무 오래되면 삶에서 견디고 버틴 기억밖에 없잖아요."

영희가 버티고 견딘 지난 시간의 고된 마음이 따뜻한 이불로 덮어지고 있었다. 버티고 견딘 기억만 있지는 않았지만, 가장 강렬한 기억들이 결국 버티고 견딘 기억들이다. 영희는 고개를 끄덕이며 눈을 감는다. 세탁기가 빙글빙글 돌아갈수록 영희의 마음에도 빙글빙글 평온이 번진다.

문득 손목이 답답하게 느껴져 생각해보니 세탁실에 들어온 뒤로 시계를 보지 않았다. 왼쪽 손목시계를 돌리며 손목을 문지른다. 잠시 시계를 바라보던 영희는 왼쪽 손목시계를 풀어 왼쪽 바지 주머니에 넣는다. 시계를 뺀 손목에는 하얀 자국이 있다. 허전한 왼쪽 손목을 문지른다. 언젠가는 시계를 차던 자리의 색도 손목 주변의 색과 같아지겠지. 시간이 지나면, 분명 그리 되겠지.

영희가 시계를 빼는 모습을 모른 척하던 지은이 손가락으로 동그랗게 원을 그리기 시작한다. 뱅글뱅글, 돌아가는 원을 두 사람이 바라본다.

"부모님이나 형처럼 똑똑하고 잘나진 못해도 삶에 성실을 다하고 싶었습니다. 1분 1초도 시간을 허투루 쓰기 싫어서 손목 시계를 두 개 차고 다녔습니다. 하나의 시계가 느려져도 다른 하나의 시계가 있으니 늘 정확한 시간에 맞추어 일을 했어요. 배달 일을 시작하며 늦지 않게 배달을 해주고, 남은 시간은 동네 사람들을 도왔습니다. 한 번도 이 시계가 답답하다 생각하지 않았는데, 오늘은 이상하게 답답하네요."

영희는 허전한 손목을 반대편 손으로 시계를 차듯 잡는다. 지은이 말을 고르는 사이, 꽃잎들이 영희의 손목을 시계처럼 맴돈다. 영희는 손목을 간질이는 예쁜 꽃잎을 보며 이를 활짝 드러내고 웃는다. 꽃잎이 지나간 자리에 시계 자국이 사라진다. 놀라서 지은을 바라보는 영희를 향해 말을 고르던 지은이 빙긋 웃으며 입을 뗀다.

"이런 말 알아요? 기억이 열이라는 동그란 원으로 이어져 있다면 좋은 기억 하나가 안 좋은 기억 아홉 가지를 덮어준대요. 그래서 하나의 좋은 기억을 늘리는 게 중요하대요. 지나간 안 좋은 기억은 저 밑에 두고, 새로운 좋은 기억을 제일 위에 덮으면 어떨까요. 영희 삼촌한테 오늘의 기억이 다른 기억들을 이불처럼 덮는 커다란 원이 된다면 좋겠어요."

붉은 원을 그리며 돌아가던 세탁기가 멈췄다. 문이 열리고, 젖은 빨래가 꽃잎을 타고 영희의 손으로 온다. 깨끗하다. 아무 얼룩도 없다. 영희는 개운한 해방감에 오랜만에 이빨을 드러내고 크게 미소 짓는다. 오늘을 위해 우리 동네에 왔구나, 내가.

젖은 빨래를 얼굴로 가져간 영희의 어깨가 들썩인다. 지은은 조용히 세탁실을 빠져나온다. 남은 슬픔을 홀로 애도할 시간을 주려고.

'당신의 오늘은 구름이 조금 끼지만, 조금 뒤 맑고 화창해져 외출하기 좋은 날씨입니다.'

몇 주 간이라도 영희 삼촌의 인생 일기예보를 해줘 볼까 생각하며 1층으로 내려온 지은은 메모지를 꺼내어 영희의 내일 일기예보를 종이에 적어 그의 조끼 주머니에 넣는다. 때론 마법을 부리지 않는 것이 마법이 되기도 하니까.

삶의 마법을 풀고 싶다면 닫힌 문을 여는 용기를 내야 한다. 아무리 힘껏 밀고 열고 두드려도 문이 잠겨 있을 수도 있고, 문을 여는 열쇠를 잃어버릴 수도 있다.

"어쩌면 열쇠는 자신의 주머니 속에 있는 게 아닐까."

등 뒤에서 낮게 떠 있는 꽃잎들을 향해 지은이 중얼거린다. 언제쯤이면 우리는 나의 주머니, 혹은 당신의 주머니 안에 있는 열쇠를 꺼낼 수 있을까. 열어야 할 문을 밀어볼 용기를 낼 때는 언제일까.

어느새 세차게 내리던 비가 잦아들고 있다.

오랜만에 아침 일찍 눈을 뜬 지은이 집에서 라디오를 틀었다. 라디오를 틀고 창문을 연다. 짭조름한 바다 내음에 차가운 공기가 알싸하게 스친다. 한 계절이 지나고 있다.

숨을 크게 들이쉬며 라디오에서 흘러나오는 음악을 허밍으로 따라 부른다. 음악이 끝나고 사연이 소개된다. 지은이 좋아하는 코너에 귀를 기울인다. 시그널 음악이 흐른뒤 익숙한 디제이의 목소리가 흘러나온다.

"안녕하세요. 라디오에는 처음 사연을 보냅니다. 저는 택배 일을 하면서 시를 쓰기 시작한 청취자입니다. 배달 일을 하며 기다리는 시간에 트럭에서 글을 적다 보니 삶을 많이 돌아보게 됩니다. 저는 오랜 시간 상처로 힘든 시절을 버텨냈습니다. 그런데 수십 년 동안 간직하고 있던 괴로운 마음의 얼룩을 마법처럼 지울 수 있는 기회가 있었습니다. 그 상처 하나를 지운다고 삶이 대단히 달라지진 않지만, 매일 아침 일어나는 일이 편안해졌습니다. 전에는 버티듯 살았지만 지금은 살아 있다는 기분이 듭니다. 어쩌면 이것이 대단히 달라진 일이라 할 수 있겠습니다.

제가 상처를 안고 살다 보니 오랫동안 마음이 지옥이었습니다. 살다 보면 남으로부터 상처되는 이야기를 들어 마음이 찢어지고 아플 때가 있습니다. 노력해서 좋은 관계를 이어가려 해도 비난받기도 합니다. 또 반대로 어떤 이에게 상처를 주기도 합니다.

제가 마음의 마법을 경험하고 난 뒤 깨달은 점이 있습

니다. 만약 누군가 나를 비난하고 욕설을 퍼붓는다면, 받지 마세요. 택배도 수취 거부나 반품이 있듯이 나를 모욕한 그 감정이나 언행을 반품해보세요. 물건을 주었는데 받지 않으면 내 것이 아닙니다. 누가 나를 싫어하고 미워한다면 그 마음을 받아서 상처로 만들지 마시고 돌려주세요. 받지 않고 돌려주었으니 상처는 내 것이 아니고 상대의 것입니다. 마음의 천국을 방해하지 말고 수취 거부하세요. 그래도 됩니다."

"아름다운 아침 동행 '행복한 오늘을 위한 나의 다짐'에 택배 기사 김영희님의 글을 소개해 드렸습니다. 말이 참 좋네요. 남에게 받은 모욕적인 언행이나 상처를 수취 거부하거나 반품해 돌려주는 일, 저도 연습해 보아야겠습니다. 마음의 마법을 저도 경험해 보고 싶은데요. 사연에 이어 들려드릴 곡은 마이클 잭슨의 〈You are not alone〉입니다. 여러분은 혼자가 아니죠, 아름다운 아침 동행이 있으니까요."

"영희 삼촌…!"

라디오 디제이의 소개 글이 끝나고 음악이 흘러나온다. 마음 세탁소를 다녀간 뒤 영희 삼촌이 전보다는 편안해 보였는데, 라디오에 사연을 보내기까지 하다니….

지은은 소파에 앉아 양쪽 무릎을 끌어안고 얼굴을 파묻는다. You are not alone, I am here with you…. 가사를 따라 흥얼거린다. 혼자 지내기에 익숙해 외로울 때면 늘 라디오를 듣던 지은이다. 가끔 라디오에서 오늘처럼 좋아하는 노래가 흘러나올 때가 있는데 이런 날은 종일 기분이 좋다. 마음이 뭉클하다. 감동받아 눈물이 난다. 뭉클하고 감동적인 순간을 눈 뜨자마자 맞이하다니. 오늘의 인생 날씨는 아무래도 맑고 화창할 예정인가 보다.

음악이 끝나고 지은은 소파에서 일어나 기지개를 켠다. 잠옷을 벗어 세탁기에 넣는다. 세제를 넣고 세탁기를 돌린다. 수건과 속옷과 잠옷이 함께 빙글빙글 돌아간다. 하얀 거품이 보글보글 인다. 옷이 서로를 부둥켜안고 자신들의 몸을 비벼 서로를 깨끗하게 만든다. 초가 자신의 몸을 태워 빛을 내듯, 빨래는 서로를 비벼내며 때를 지워가고 있다. 세상 어디에도 빛이 있구나. 빛이 비추지 않아도 빛은 늘 존재하고 있어. 빛을 생각하며 세탁기 앞에 한참을 앉아 있다.

사람들의 마음 얼룩을 세탁해줄 때와 입었던 옷을 세탁할 때의 빨래는 같은 빨래일까, 다른 빨래일까. 나는 정말 이 생에서 두 가지 능력을 완성해 봉인을 풀고 늙어 죽어갈 수 있을까. 봉인을 하는 방법은 알았지만, 푸는 방법은 배우지 못했다. 이럴 때 엄마가 곁에 있다면 얼마나 좋을까. 그리운 엄마를 떠올리자 가슴이 욱신거린다.

"요즘 들어 왜 이렇게 심장이 아프지. 이상하다."

지은은 왼쪽 가슴을 움켜쥐고 심호흡한다. 눈을 감고 통증이 깨끗하게 사라지는 상상을 한다. 오늘은 아프면 안 된다. 중요한 손님이 올 것 같은 예감 때문이다. 지은이 간절히 바라자, 얼마 지나지 않아 통증은 가라앉는다. 통증이 사라지는 상상을 해서 사라진 건지, 통증이 가라앉을 때가 되어 가라앉은 건지 모르겠다.

마음이 어지러우니까 청소를 해야겠다. 일이 안 풀리거나, 어디서부터 시작해야 할지 막막하거나, 마음이 답답할 때 청소를 하는 건 지은의 오랜 습관이다. 이불을 개고 안 쓰는 물건을 버리고 여기저기 흩어진 물건은 제자리에 둔다. 창문을 열고 먼지를 털어내고 그릇을 깨끗이 닦고 얼룩진 거울을 닦는다. 닦고 비우고 먼지를 털며 마음의 먼지도 함께 털어낸다. 마지막으로는 얼룩진 거울을 닦는다. 깨끗이 닦아야 자신을 더 잘 볼 수 있으니까.

열어둔 창문으로 신선한 공기가 들어온다. 답답했던 실내가 환기된다. 냉장고에서 우리 분식 사장님이 싸준 김밥을 꺼내어 전자렌지에 돌린 뒤 차 마실 물을 끓인다.

어린 시절 엄마에게는 늘 알싸한 차 냄새가 났다. 엄마는 차를 마시는 일은 마음을 정돈하는 일이라 했다. 천천히 차를 우려 준비하는 과정부터가 차를 마시는 일이니, 차를 마시는 일은 마음을 마시는 일이라고도 했다. 엄마를 생각하며 알싸한 초겨울의 공기 속에 따뜻한 차를 마시고 밥을 먹고 세탁소 문을 열어야지.

제 할 일을 다한 전자렌지가 신호음을 울린다. 차를 마시던 엄마의 따뜻한 목소리를 떠올리며 렌지에서 김밥을 꺼낸다.

"하루를 즐겁게 만드는 마법을 알려줄까? 아침에 눈을 뜨며 오늘은 좋은 일이 있을 거라고 기대하면, 진짜 좋은 일이 생긴단다. 자주 웃으면서 오늘도 좋은 하루 보내, 우리 딸. 사랑해."

보고 싶고, 그립다. 사람들의 그리움은 별이 되어 하늘에서 빛나고 있다고 했다. 지은은 낮이라 보이지 않는 밤하늘의 별을 생각하며 하늘을 본다. 엄마의 눈동자를 닮은 하늘을 보며 숨을 크게 들이쉬며 생각한다. 그래, 기대해보자. 오늘은 좋은 일이 생길 거라고. 꼭 그럴 거라고.

"마음 세탁소 사장님, 택배 왔어요!"

영희 삼촌이 세탁소 문 앞에 서서 큰 목소리로 지은을 부른다. 세탁소를 다녀간 뒤부터 그는 사람들과 눈을 마주치며 이야기하는 시간이 늘었다. 전에는 택배만 가져다주고 꾸벅 인사를 하며 돌아갔지만 요즘은 만나는 이들을 붙잡고 수다를 떨기도 한다.

강박적으로 시간을 기록하던 노트에는 시를 쓰며 '택배 배달원의 아침 인사'라는 제목으로 블로그를 운영해 글도 적기 시작했다. 그의 글에는 하루에 한두 개씩 덧글이 달린다. 세상을 등지고 마음의 문을 닫고 살던 그가 한 발자국씩 마음의 걸음을 내딛고 있다.

영희는 마음의 얼룩 하나를 지운 뒤부터 다시 태어난 기분이다. 영희가 지운 얼룩은 '모든 일이 나 때문이라고 책망하는 마음'이었다. 나 때문이 아니라 그럴 수도 있는 일이라고, 내 잘못이 아니라는 생각이 들면서부터 지나온 삶을 돌아보지 않고 앞으로의 삶을 살아가기로 했다. 아픈 기억들은 마음에 남아 있지만 '내가 더 잘했다면 그런 일이 일어나지 않았을 거야'라든가 '내가 잘못해서 그런 일들이 벌어졌어'라는 마음은 들지 않는다.

마음이 편안한 영희는 난생처음으로 '행복하다'고 느낀다. 분명 어제와 같은 하루인데 어제와 다른 오늘을 산다. 마음의 변화 하나만으로.

"안녕하세요, 영희 삼촌. 라디오에 소개된 사연 들었어요."

지은이 택배를 받아들며 영희에게 물 한잔을 건넨다. 영희는 수줍은 듯 머리를 긁적이며 시원한 물을 단숨에 들이키고 고개를 꾸벅하며 컵을 다시 건넨다.

"쑥스럽습니다. 소개될 줄 예상하지 못하고 보내본 건데…. 하하."

영희가 이를 드러내고 웃는 모습을 처음 본 지은이 그를 따라 웃는다. 좋은 기분과 웃음은 절로 전염된다. 두 사람 사이의 평화로운 공기가 온화하다.

"사장님, 시를 써서 제일 좋은 점이 무엇인 줄 아십니까?"

영희의 질문에 지은이 생각하다 아랫입술을 깨문다.

"음… 마음을 글로 표현할 수 있다는 거요?"

"물론 그 점도 너무 좋지만, 잘못 쓰면 다시 쓸 수 있다는 점입니다. 노트에 연필로 시를 쓰는데, 잘못 쓰거나 틀리면 지우개로 지우거나 직직 긋고 다시 씁니다. 지우거나 직직 그으면 흔적이 남지만, 그만큼 고민한 흔적이니까 그것도 참 좋습니다."

"그렇겠네요. 종이에 쓰는 시처럼, 인생도 잘못 쓰면 조금 지우거나 다시 쓰면 되고요."

"맞습니다. 잘못 쓰면 다시 쓰면 된다는 걸 그동안 몰랐습니다. 답을 틀리면 영원히 틀린 답인 줄 알았어요. 인생에 정답이 영원히 하나인 줄만 알고 살았습니다. 종이가 구겨져도 괜찮고, 다시 써도 괜찮다는 걸 이제야 알았습니다."

"이제라도 알았으니 좋네요. 사실 저는 생각보다 꽤 오래 살았는데, 영희 삼촌이 느낀 것을 요즘에야 깨닫고 있어요. 저보다 빨리 아셨는데요?"

오랫동안 알았던 사이인 듯 편안하게 이야기하며 웃는 사이, 영희의 등 뒤에 숨어 있던 아이가 고개를 빼꼼히 내민다.

"안녕, 넌 누구니?"

지은이 인사를 건넨다. 열 살쯤 되어 보이는 아이는 눈만 내밀고 지은을 바라보곤 다시 영희의 등 뒤로 숨어버린다.

"얼마 전부터 낮에 저를 따라다니는 아이인데, 택배 배달하는 몇 시간 동안 옆에 머물다 가곤 합니다. 그런데 오늘은 제가 무거운 물건 배달이 많아서 아이가 다칠 거 같아요. 조금만 여기 있게 해도 되겠습니까?"

"그래요."

"고맙습니다. 아마 있고 싶은 만큼 있으면 알아서 갈 겁니다. 참, 그리고… 마음 세탁소를 다녀간 뒤로 이상하게 잠도 잘 오고 마음이 편안합니다. 사장님 덕분입니다."

"편하시다니 다행이네요. 정말, 다행이에요."

영희와 지은이 이야기를 나누는 동안 등 뒤에 숨어 있던 아이는 고개를 빼꼼 내밀고 세탁소를 살펴보기 시작한다. 양 볼이 만두처럼 통통한 여자아이는 양 갈래 머리를 하고 노란색 레이스 원피스를 입고 있다. 지은은 아이를 향해 몸을 숙이고 세탁소 넝쿨에 있는 꽃을 따서 건네며 말을 건다.

"안녕, 나는 지은이라고 해. 내가 재미있는 거 보여줄까?"

아이는 호기심에 고개를 끄덕이며 지은 앞으로 쏙 나온다. 그 사이 영희는 꾸벅 인사를 하고 떠난다. 지은도 눈인사로 화답하고 아이에게 내민 꽃을 양손에 오목하게 담아 쥐고 손목을 두 번 돌린다. 아이는 작은 입술을 오므리며 지은 앞으로 한 발자국 더 다가온다.

"여기에 숨을 후 하고 두 번 불어봐."

아이는 지은에게 바짝 다가와 후- 후- 두 번 숨을 분다. 눈을 동그랗게 뜬 아이를 향해 지은이 손을 벌리자 꽃잎들이 나비처럼 날아간다. 아이는 입을 벌리고 꽃잎 나비의 향연을 쫓아 뛰어다닌다.

한참을 꽃나비의 꽁무니를 잡으러 뛰어다니던 아이가 다시 지은 앞으로 오자, 오목하게 모았던 두 손을 다시 펼쳐 쿠키를 건넨다. 아이는 쿠키를 냉큼 집어 입에 넣고 오물거리며 세탁소 앞마당을 뛰어다닌다. 새처럼 자유롭게 양팔을 벌리고 꽃나비와 함께 날아다니던 아이가 지은 앞에 멈추어 선다. 지은은 몸을 숙여 아이의 눈높이에 맞게 앉아 눈동자를 마주 본다. 맑고 투명한 아이의 눈동자에 지은의 얼굴이 담긴다. 긴 속눈썹을 깜빡일 때마다 지은의 얼굴도 함께 깜빡인다.

"너는 어디에 살아?"

"나는 집이 없어."

"집이 없어? 그럼 어디에서 잠을 자?"

지은이 짐짓 놀라는 척을 하며 아이에게 묻는다. 아이는 누가 들으면 안된다는 듯 주변을 살피더니 두 손을 나팔 모양으로 모으고 지은의 귀에 소근소근 말한다.

"이건 비밀인데, 나는 달나라 공주야. 그래서 여기도 집이고 저기도 집이야."

"집이 아주 많구나. 멋진 걸? 엄마 아빠는 어디에 계셔?"

"나는 엄마 아빠가 없어."

"……."

부모님이 없다는 아이의 말에 말문이 막힌 지은은 말없이 서 있는 아이의 손을 잡는다. 아이는 아무렇지 않다는 듯 맑은 눈동자를 깜빡이며 쿠키를 먹는다.

"사실은, 나도 엄마 아빠가 없어."

"정말? 우리 똑같네."

"그럼 너 이름은 뭐야?"

"나는 이름이 없어."

이름이 없다고 대답하는 아이를 보며 불현듯 메리골드에 와서 우리 분식에 이끌리듯 들어선 그날이 스쳐 지나간다. 사람의 온기가 고파 이곳으로 오게 된 것일까. 엄마 아빠가 없고 이름이 없던 소녀는 사람을 따라 웃을 줄도 알고, 어울려 살기도 하는 지은이 되었다.

"나도 이름이 없었어. 우리 공통점이 많네?"

"이모도 이름이 없어? 나랑 똑같으니까 비밀 하나 더 말해줄게. 나는 아무도 서로를 미워하지 않는 평화로운 세상을 만들 거야. 그래서 여기로 온 거야."

티 없이 맑은 아이가 또박또박 말한다. 아무도 서로를 미워하지 않는 세상을 만들기 위해 온 공주님이라니. 아이의 맑은 눈을 바라보며 지은은 오래전에 떠나온 마을에 대해 생각한다. 그런 세상이 있었지. 아무도 서로를 미워하지 않고 가을의 다음 계절은 봄이 되는.

"멋진 생각이야. 그럼 우리 공주님, 이모가 여기에서 불릴 이름 지어줄까?"

"음, 좋아. 지어줘."

선심 쓰듯 허락하는 아이를 향해 지은은 팔짱을 끼고 짐짓 심각하게 생각하는 척을 하곤 말한다.

"새로운 세상을 만들 거니까 생명이 싹트는 계절인 봄

이, 어때?"

"봄이?"

"응, 너처럼 예쁜 꽃이 피는 계절 봄이. 오래전 내가 살던 마을은 지금 같은 가을이 지나고 낙엽이 무르익고 나면 꽃이 피는 봄이 오곤 했어. 가을의 다음 계절은 봄, 봄의 다음 계절은 가을이었지. 아무도 서로를 미워하지 않았어. 그런 세상을 다시 만나고 싶었는데, 네가 그런 세상을 만들어줄래?"

"봄이, 좋아! 마음에 들어. 그런 세상 내가 만들어줄게!"

이름이 썩 마음에 든 봄이는 지은과 마주 보며 까르륵 웃는다. 봄이의 웃음이 햇살처럼 눈부시다. 근처에서 낮게 머물러 있던 꽃잎들도 좋은 기운에 뱅글뱅글 돌기 시작한다.

봄이가 세탁소 정원 옆 계단을 총총 올라간다. 공이 튕기듯 신나게 계단을 오르는 아이를 보며 지은도 함께 옥상으로 올라간다.

옥상에 올라서자마자 봄이는 빨랫줄에 걸린 하얀 티셔츠들 사이를 양팔을 벌리고 뛰어다닌다. 하늘은 구름 한 점 없이 파랗다. 간지럽게 이마를 스치는 부드럽고 잔잔한 바람이 불고 빨래들이 바짝 말라가고 있다. 빨랫줄 사이사이를 꽃잎들과 꼬리잡기를 하며 뛰어 다니는 봄이의 웃음소리가 울려 퍼진다.

아이의 웃음소리를 들으며 함께 웃던 지은은 하늘을 올려다본다. 바람이 헝클어트린 머리카락을 쓸어 넘기며 크게 숨을 쉰다. 눈을 감고 양팔을 뻗어 바람을 흠뻑 느낀다. 심장을 꽉 쥔 것처럼 답답하던 마음이 스르륵 풀린다. 문득 지은은 더 이상 예전처럼 슬프지 않다는 걸 자각했다. 메리골드에 온 뒤로는 결코 올 것 같지 않던 행복이 손만 뻗으면 닿을 듯한 거리에 있는 것 같았다.

"이모, 이모, 내가 선물로 그림 그려줄게."

지은의 뒤에서 허리에 손을 감고 와락 안긴 봄이에게 몸을 돌리자 이번엔 치맛자락에 안긴다. 낯선 이에게 경계 없이 안길 수 있는 아이의 순수함에 지은도 동화된다. 그림을 그리고 싶다는 아이의 말에 오른손을 한 바퀴 돌리자, 꽃잎 하나가 사인펜으로 바뀐다. 아이는 깔깔 웃으며 빨랫줄에 있는 하얀색 티셔츠를 들고 온다.

"이모, 여기에 그림 그려도 되지?"

"응, 그려도 돼. 기대할게."

말이 끝나자마자 바닥에 티셔츠를 깔아 두고 신나게 그림을 그리는 봄이를 보며 지은은 다시 행복에 대해 생각한다.

매일 창밖에 해가 뜨고 지고, 때로는 비가 내리고, 어두운 밤이 찾아오고, 별과 달이 뜨고, 여명이 밝아오는 것은 선택할 수 없지만 마음의 날씨는 선택할 수 있다. 내 마음은 나의 것이다. 행복은 언제나 내 안에 존재하고 있다. 마음 밖의 날씨는 우리의 것이 아니지만 마음 안의 날씨는 우리의 것이니까.

행복하기로 선택한다면 비바람이 부는 날에도 마음에는 은은한 달빛으로 평화를 가질 수 있지 않을까. 사랑하기로 선택했으니 사랑하고, 슬픔 많은 인생일지라도 웃기를 선택했으니 웃는 것이다. 그래서 이 고단하고 힘든 세상을, 힘들지 않게 살아가는 비밀은 바로…….

"이모, 자 여기 그림 다 그렸어. 내가 아무도 서로를 미워하지 않는 평화로운 세상을 만들었어. 선물이야!"

지은은 생각을 멈추고 봄이가 내민 선물을 받는다. 봄이는 지은이 좋아할 것이라는 기대에 한껏 부풀어 있다. 반으로 접혀 있는 티셔츠를 펼친, 순간 지은은 말을 잃었다. 한참을 티셔츠에 그려진 그림을 보다 봄이를 품에 안는다.

"봄이가 만들고 싶던 평화로운 세상이야? 너무 아름답다."

지은의 품에 잠시 안겨 있던 봄이는 고개를 끄덕이고 다시 꽃잎과 놀고 싶어 품을 빠져나온다. 지은은 다시 티셔츠의 그림을 본다.

알록달록한 사인펜으로 그린 2층 집이 있고, 꽃과 나비 사이에 삐뚤삐뚤한 글씨로 〈마음 세탁소〉라고 적혀 있다.

오랫동안 지은이 찾아 헤매고 그리워하던 고향이 지금 눈 앞에 있었다. 그 순간, 섬광처럼 한 줄기 문장이 뇌리를 스치고 지나간다.

"비밀은 바로, 오늘 지금 이 순간이야."

행복은 내면의 빛이다. 손에 닿을 수 없는 높은 하늘이 아니라 마음의 하늘에서 빛나고 있다. 행복은 이미 우리 마음 안에 있다. 행복은 바로 지금 여기, 이곳에 있다. 과거는 돌이킬 수 없고 살아갈 미래는 아직 오지 않았으니 지금 살고 있는 오늘에 집중해야 한다. 한 걸음만 오른쪽으로 걸어도 이미 과거다. 한 걸음 앞으로 걸어도 미래가 아닌 현재다.

지나간 과거를 후회하느라, 살아갈 미래에 눈이 멀어 미처 오늘을 보지 못했다. 사랑하는 가족을 잃은 과거의 슬픔과 후회를 안고 살아가느라 그리 오랜 시간을 다시 태어나며 살아왔어도 정작 오늘 행복한 적이 없었다. 아니, 행복할 거 같으면 겁이 나서 도망쳤다. 행복하면 안될 것 같았다. 하지만 사랑하는 엄마 아빠가 원하는 게 정말 지은이 과거에 얽매여 이토록 행복을 두려워하며 사는 것이었을까?

봄이가 그린 마음 세탁소 그림을 양팔로 끌어안고 주저

앉는다. 봄이와 뛰놀던 꽃잎들은 지은의 주변을 걱정스레 맴돈다. 몸이 굳은 듯 초점 없이 허공을 응시하는 지은의 눈에서 뜨거운 눈물이 흐른다. 소리 없이 흐른 눈물은 파란빛 꽃잎으로 떨어져 치맛자락에 무늬로 새겨진다. 지은을 바라보는 봄이의 주변으로 꽃바람이 나비처럼 몰려와 봄이를 감싼다. 꽃나비의 날갯짓에 봄이는 서서히 빨간 꽃잎으로 변해 지은의 옷으로 빨려 들어간다. 흩날리는 꽃잎을 손으로 잡으려던 지은은 봄이가 누구인지 자각한다. 노란 원피스를 입고 볼이 빨간 소녀는 바로 지은 자신이었다. 어린 시절 엄마와 뛰어놀던 정원에서의 행복한 기억이 꽃으로 간직되어 지은과 함께 살아온 것이다. 가장 그립고 아름다운 추억이 내 곁에 항상 함께해왔단 말인가. 혼자였고 외롭다 생각했던 날들도 혼자가 아니었던 것인가. 그리운 날들에 마음이 사무쳐 눈물이 터져나온다. 지은은 파란색과 빨간색 꽃잎으로 뒤섞인 원피스에 고개를 파묻고 가녀린 어깨를 들썩이며 울기 시작한다. 소리 내어 울고 있는 지은을 보며 불던 바람도 멈춘다. 바람에 흩날리던 빨래들도 흔들리기를 멈춘다. 그녀를 사랑하는 이들도 그 자리에 멈춘다.

지은의 울음을 1층에서 듣던 우리 분식 사장과, 일찍 퇴근하고 세탁소로 놀러온 연희의 눈이 마주쳤다. 연희는 걱정스레 우리 분식 사장을 바라본다.

"…지은 사장님 괜찮을까요? 올라가볼까요? 무슨 일 있나 봐요…!"

"걱정 말어. 모든 건 잠시뿐이고 그마저도 전부 흘러가는 겨. 거짓말 같지? 좋은 일도 나쁜 일도 흘러가. 울고 싶을 때 울어야지, 시원하게. 웃고 싶을 때도 맘껏 웃고. 그러면 전부 흘러가. 끝의 끝까지 가보고 두려움의 얼굴을 마주볼 때 새로운 시작도 할 수 있는 겨."

"……네. 그런데 지은 사장님은 언제나 슬퍼 보여서요."

"슬퍼 보이지, 맞어. 그래도 인간은 누구나 행복하기 위해 태어났응께, 지은 사장도 행복을 위해 가고 있는 길일겨. 믿어보자고. 우리는 이만 들어가자. 우는 거 우리가 들은 거 알믄 또 을매나 신경 쓰일 겨…."

우리 분식 사장은 연희의 어깨를 툭툭 친 뒤 다리를 절룩거리며 분식집으로 들어간다. 김밥을 말기 위해 새 밥을 짓는다. 어떤 슬픔을 위로하기 위해 따뜻함과 사랑을 듬뿍 넣어 밥솥을 꾹 닫는다. 슬픔이 지나가기 위해서는 뱃속이 따뜻해야 하니까.

연희는 세탁소 입구의 〔OPEN〕 간판을 〔CLOSED〕로 뒤집는다. 두 사람은 각기의 방식으로 지은을 위해 마음으로 초를 켠다. 다른 사람들의 슬픔과 아픔과 우울을 지워주던 지은이 누구보다 행복해지길 바라면서.

어떤 어둠은 투명함보다 더 투명하다. 어떤 어둠은 밝음보다 맑다. 어깨를 들썩이며 울고 있는 지은의 슬픔을 애도하기 위해 오늘은 달도 얼굴을 가리고, 쏟아질 듯 빛나는 별도 잠시 빛나기를 멈춘다. 구름 한 점 없이 쨍하게 맑은 밤이다.

어떤 밤의 이야기는 어떤 낮의 이야기보다 길다. 어떤 이의 슬픔은 어떤 이의 배려로 어둠에 덮인다. 마음껏 슬퍼한 뒤 해가 뜨면 울음을 지운 웃음으로 살아가라고 밤이 깊은 것인지도 모른다. 다시 해가 뜨면 어떤 일이 일어날지 모르지만 일단 지금은 조용히 닫힌 밤의 한가운데를 가르며 지나고 있다. 밤은 깊고, 서로를 염려하는 다정한 배려는 더 깊다.

나는 누구일까. 어디에서 와서, 어디로 가는 것일까.

이 모든 괴로움을 끝내고 싶었다. 왜 내 인생만 이토록 고통스러운 것일까. 잘못된 과거를 되돌리고 싶었다. 한순간의 실수로 사랑하는 이들을 잃은 고통으로 스스로를 마음 감옥에 가두어 벌을 받는다 생각했다.

평범한 삶의 행복을 느낄 때쯤이면 생을 끝냈다. 아직은 행복할 수 없었다. 시공간을 넘나들어서라도 온 세상을 뒤져 사랑하는 이들을 찾으면 모든 괴로움을 끝내고 그들과 함께 행복하고 싶었다. 그 마음 하나로 살았다. 외로움이 외로움인지도 모를 만큼 익숙한 쓸쓸함으로 살아왔다. 아니, 익숙하다고 믿었다. 어쩌면 외로움이나 고독이 밀려와도 당연히 받아야 할 형벌이라 생각했는지도 모른다.

이토록 오랜 시간이 지나도 사랑하는 이들을 찾지 못할 줄은 몰랐다. 산다는 일 자체가 농담 같다. 인생은 풀리지 않는 의문투성이다. 이제 그만 포기하고 자신에 대한 마법을 풀고 죽기로 결심한 뒤로, 전보다 자주 웃고 사람들과 어울리며 밥을 먹었고, 바람의 숨결과 냄새를 느끼며 살았다.

살아보니 욕심이 생겼다. 간사한 마음이다. 영원한 건 없다는 걸 알면서도 영원을 꿈꾸었다. 삶은 깨고 싶지 않은 달콤한 꿈이라 했는데, 이 도시 메리골드에서 영원히 깨고 싶지 않은 달콤한 꿈을 꾸었다.

헌데, 정말 내가 살고 싶은 삶은 무엇이었던가? 애당초 살고 싶은 삶이 있기는 했었나. 그토록 간절히 염원하고 소망한 것은 무엇이었던가. 잊은 듯 살았다. 잊은 척했다. 해결되지 않는 질문이 매일 밤 몰려온다.

마음이 저리듯 아프다. 오른손을 천천히 왼쪽 심장으로 가져간다. 심장을 안아주듯 살포시 덮는다. 왼팔을 천천히 올려 오른손을 안아주듯 왼손으로 덮는다. 양손으로 심장을 안는다. 마음에서 동그란 파장이 일며 빨간 꽃잎이 심장에서부터 퍼져나온다. 꽃잎들은 이내 주변을 감싸고, 원 밖에는 꽃잎이 있고, 원 안에는 내가 있다. 눈을 감는다. 목소리들이 음악처럼 들린다.

"할 수만 있다면 마음을 통째로 꺼내서 박박 빤 다음에 다시 집어넣고 싶어."

"만약에 말야, 만약에 아픈 날의 기억을 다 지워버리면 행복해지지 않을까?"

"사랑의 얼룩을 지우고 싶어요."

"너무 화려해서 외로워요."

"꽃잎들이 왜 빨래에서 날아간 건지 궁금하지 않아요?"

"지는 해를 향해 매일 초를 켜는 마음으로 사람들의 안녕과 평안을 빌어."

"진정으로 믿어주는 한 명만 있으면 살아갈 힘이 나지 않을까?"

"안 지울래요, 대신 조금만 다려줘요."

"인생을 리셋하고 처음부터 다시 시작하고 싶어요."

어느 것이 나의 말이고, 어느 것이 당신들의 말인가.

"사람들의 슬픔을 공감하고 치유하는 능력은 참 좋은데, 꿈꾸는 일을 실현시키는 능력이 있다는 걸 알면… 꿈을 꾸는 것 자체를 두려워하지 않을까요?"

목소리가 들린다. 아무리 떠올려보아도 모습이 흐릿하다. 그리움 하나로 온 생을 버티며 살았는데 보고 싶은 얼굴이 기억에서 지워지다니. 심장이 저릿, 아프다. 숨이 가빠와 주저앉는다. 순간, 주변을 동그랗게 맴돌고 있던 꽃잎들이 빠르게 회전하며 주황색으로 변색한다. 무슨 일이 벌어지는 걸까.

심장에 포갠 손을 하나씩 천천히 떼어낸다. 흔들리던 꽃잎들이 삽시간에 심장으로 빨려들어온다. 마지막 꽃잎 하나를 손에 쥐고 자세히 살펴본다. 메리골드다. 이 도시와 같은 이름의 꽃이다. 양손으로 조심히 꽃잎을 쥐고 꽃말을 나즈막히 읊조려본다.

"반드시 오고야 말 행복… 무엇이 행복이지…? 어떻게 해야 행복해질 수 있을까. 모르겠지만 나는 지나간 날들에 대한 후회를 멈추고 싶어. 생의 방랑과 방황을 멈추고 오늘을 살아가고 싶어. 지금 이 순간을 살고 싶어. 할 수만 있다면…."

그때였다. 심장으로 빨려 들어간 꽃잎들이 빠른 속도로

흘러나온다. 주황색으로 변했던 꽃잎이 다시 빨간 동백 꽃잎으로 바뀌더니 삽시간에 파란색으로 색이 바뀐다. 물망초다. 물망초 꽃잎이다. 푸른 바다처럼 쨍한 파란색 꽃잎이 사방으로 빛처럼 번져 하늘로 올라간다. 파란 꽃잎은 비처럼 흘러내린다. 꽃비는 웅덩이가 된다. 호수가 된다. 바다가 된다. 끝이 보이지 않는 바다가 되자 꽃비는 멈춘다. 꽃비로 만들어진 바다는 고요하다. 하늘과 바다의 경계 없이 푸른 빛으로 이어진다. 나는 천천히 바다의 품에 안긴다.

풍-덩!

헤엄치는 법도 잊었다. 이번엔 잊은 척하는 게 아니라 정말 잊었다. 힘을 풀고 양팔을 벌려 천천히 바다의 품에 잠긴다. 엄마의 품에 안긴 듯 편안하다. 어디로 흘러가는 것일까. 서서히 바다에 잠기며 나를 덮은 파란 꽃의 꽃말을 생각한다.

나를 잊지 말아주세요.

아니, 나를 잊어도 좋아요. 잊어요, 제발.
비밀을 삼킨 바다는 고요하다. 아무 일도 없었다는 듯이.
나는 물거품이 된다. 나는 바다가 된다. 나는 하늘이 된다.

…나는 푸른빛이 된다. 나는 꽃잎이 된다.

나는 이제, 자유롭다.

'띠디디디, 띠디디디,띠디디디'

알람 시계 소리에 눈을 뜬다. 머리가 아프고 온몸이 뜨겁다. 달뜬 숨을 가삐 쉬며 몸을 일으킨다. 머리카락을 쓸어 올리며 다시 눈을 감는다. 일어날 기운이 없어 도로 침대에 누워 이마에 손을 올린다. 마치 어떤 생의 터널을 빠져나온 기분이 든다.

"꿈… 이었나…? 꿈이라기엔 너무 생생한데."

지은은 바다의 품에 안겨 있었다. 물속에서 꽃잎들은 지느러미처럼 움직여 지은을 헤엄치게 했고 지은은 오랜만에 활짝 웃고 있었다. 자유롭게 바닷속을 노닐 듯 유영하며 눈을 감았다 뜨니 침대 위에 누워 있는 지금이다.

"지느러미로 헤엄치는 꿈이라니. 인어공주야 뭐야, 간지럽게…."

기침을 하며 다시 일어나 앉는다. 땀인지 물인지 분간되지 않을 만큼 옷과 머리가 흥건하게 젖어 있다. 꿈이 아니었나 생각하며 침대 옆 서랍에서 체온계를 꺼내 오른쪽 귀에 넣고 버튼을 누른다.

"…38도네…. 해열제가 집에 있나…."

중얼거리며 약 보관함에서 해열제와 두통약을 꺼내려고 일어서다 소용돌이치는 어지러움에 순간 휘청거린다. 심호흡을 하고 다시 일어나 부엌으로 향한다. 약을 꺼내어 입에 털어 넣고 물을 마시며 휴대폰을 찾아 든다. 숱하게 찍힌 부재중 전화의 발신자와 메시지를 확인하던 지은이 잠시 멈칫한다. 수요일 밤에 잠들었는데, 오늘은 금요일이다. 이틀을 내리 잠들어 있었고 재하, 연희, 우리 분식 사장님의 부재중 전화와 메시지가 무수히 찍혀 있다. 대체 무슨 일이지. 꿈이 아니었나.

〔걱정 마, 아무 일도 없어.〕

부재중 전화에 찍힌 이름들에 같은 메시지를 써서 붙여 넣기로 보내고 해열제를 찾으며 마른 침을 삼킨다. 생을 넘나들며 다시 태어날 때 느낀 어지러움과 같다. 약을 찾아 입에 넣는다. 떨리는 손으로 생수 뚜껑을 따서 반 병을 그대로 마신다.

지은은 봄이를 만나고 돌아와 깊은 바닷속에 잠긴 꿈을 꾸며 열에 달떠 꿈속을 헤맸다. 슬픔과 후회, 자책으로 기쁨과 행복의 시절을 잊고 살던 지은은 봄이를 만나고 행복했던 기억이 파도처럼 몰려와 추억의 바다에 잠겼다. 봄이는 어린 시절 행복했던 지은이었다. 봄이는 지은의 옷에 새겨진 꽃잎으로 그 오랜 시간을 함께해온 것이다. 그렇다면 엄마와 아빠도 지은에게 꽃잎으로, 사람으로, 바람으로, 햇살로, 달빛으로 그동안 지은의 곁에 있어준 건 아닐까.

"어쩌면 나처럼 엄마, 아빠도 여러 세기를 반복해 태어나며 나를 찾아다닌 게 아닐까. 익숙한 그리움이 느껴진 그 사람이 혹시 그토록 보고 싶던 당신들이 아니었을까. 혹시 내가 못 알아본 걸까…"

그렇다면, 지금처럼 온 생이 슬픔과 자책이어선 안 된다. 사랑하는 사람들은 내가 이토록 슬프고 텅 빈 삶을 살기를 바라지 않을 것이다. 이제 스스로에게 벌을 그만 줘도 되지 않을까. 지금 살아 있는 오늘 이 순간을 흘려 보내는 것이야말로 죄가 아닐까.

흐르는 땀을 닦으며 땀인지 물인지 모르게 흠뻑 젖은 옷을 벗어 빨래통에 넣고 몸을 씻는다. 샤워기를 틀자 물의 기억이 선명하다. 샤워를 마치고 커다란 수건으로 몸을 감싸고 매일 입는 검은 바탕에 빨간 꽃무늬 원피스를 찾았다. 분명 꿈에선 빨간 동백꽃잎이 파란 물망초 꽃잎으로 바뀌었는데, 옷은 원래 그대로다. 정말 꿈인 건가. 종일 수영이라도 한 것처럼 어깨가 욱신거려 왼팔로 오른쪽 어깨를 주무른다. 약 기운이 도는지 슬슬 열이 내려간다.

"마음이 아픈 날에는 연고를 삼키면 좋을 텐데 그럴 수가 없으니, 우리 딸 엄마가 특제 코코아 차를 준비해줄게!

따뜻하고 달콤한 이 차를 마시고 한잠 푹 자면 내일은 속상한 일이 반으로 줄어들 거야. 어쩌면 거짓말처럼 기분이 좋아질지도 몰라. 우리 아가 이리 와봐."

마음이 상해 입을 삐죽거리는 날에 엄마는 얼굴만큼 커다란 머그컵에 코코아를 한가득 끓여 마쉬멜로우를 담아주었다. 눈물을 그렁그렁 달고 입을 삐죽거리다가도 달콤한 코코아를 마시다 보면 어느새 마쉬멜로우가 녹는 것 마냥 마음도 녹아내렸다. 따뜻하고 달콤한 것에는 마력이 있는 걸까.

마법을 쓰지 못한다는 엄마가 지은에게는 마음을 풀어주는 마법사였다. 엄마의 치마에서는 늘 달콤한 쿠키 냄새가 났고 목덜미에서는 꽃 냄새가 났다. 지은은 엄마의 치마에 매달려 안겨 쿠키 냄새를 맡고, 엄마가 몸을 숙여 안아주면 꽃 냄새를 맡았다. 엄마의 부엌에는 맛있는 음식이 가득했고 지은은 양볼이 통통한 사랑스러운 아이로 자랐다.

하지만 웃음 많고 따뜻한 엄마도 가끔씩 허공을 바라보며 한숨을 쉴 때가 있었다. 가을이 시작되면 엄마는 그리움 가득한 표정으로 며칠씩 창밖을 바라보다 부엌으로 갔다. 커다란 냄비에 와인을 콸콸 붓고, 오렌지, 사과, 배, 계피스틱을 넣고 가장 좋은 꿀을 다섯 바퀴 둘러 팔팔 끓였다. 구할 수 있는 과일 중에 가장 예쁘고 맛있는 과일이 깨끗하게 씻겨 냄비로 들어갔다. 엄마의 차가 끓는 동안 집안은 잘

익은 포도 냄새를 품은 수증기로 가득했다.

“엄마, 나도 엄마 차 마셔봐도 돼?”

차를 끓이는 주변을 서성이며 지은이 묻자 엄마는 따뜻한 미소를 지으면서도 단호하게 고개를 저으며 말했다.

“이건 엄마를 위한 특제 차라서 나누어줄 수가 없어. 어른이 되면 너만을 위한 특제 차를 개발하렴. 그때 엄마가 레시피를 전수해줄게.”

장난스레 눈을 찡긋 하며 웃는 엄마에게선 며칠 동안 보이지 않던 생기가 돌았다. 그리고 엄마를 위한 특제 차를 다 마셔갈 즈음이면 엄마는 다시 활기를 찾았다. 차를 끓이기 전 엄마의 눈엔 그리움이 가득했다.

세어보니 오늘쯤의 내 나이를 엄마가 살고 있었다. 아빠와 지은은 엄마가 특제 차를 끓이는 시기를 ‘그리움의 계절’이라 불렀다. 엄마는 아빠를 만나기 전 두고 온 어떤 것을 그리워했던 것일까. 왜 그리운 대상을 다시 찾지 않은 것일까. 그리움은 그리움으로 남겨두는 건가. 어른들의 삶이란… 그런 것일까?

어린 지은은 엄마의 어깨에 작은 손을 올리며 토닥거려 주었다. 어깨 위에 올려진 손을 잡고 엄마가 웃어주면 품으로 파고들어 안겼다. 한참을 서로의 체온으로 안겨 있는 고요한 평온이 좋았다. 쓸쓸하지만 아름답다고도 생각했다.

"오늘은 엄마처럼 나만을 위한 특제 차를 만들어볼까?"

그동안 지은이 집에서 마셨던 차는 쉽게 구할 수 있는 찻잎으로 우려낸 차였다. 하지만 사람들을 위한 위로 차를 끓일 때면 재료를 직접 바람에 말려 정성스레 우려냈다. 정성과 마음이 담긴 차는 지은의 아침 차보다 다정한 온기를 품고 있었다. 그러고 보니 오랜 시간 타인을 위한 위로 차를 끓였지만 자신을 위한 위로 차를 끓인 적은 없었다.

엄마의 나이를 살고 있는 오늘, 레시피는 전수받지 못했지만 혼자 할 수 있을 것 같다. 찻물을 올려 두고 가장 아끼는 하얀색 찻잔을 꺼낸다.

"오늘의 위로 차 특별 재료는… 진심으로 내가 행복하길 바라는 마음을 담아야지."

그동안 마음 세탁소를 찾아온 사람들이 마신 위로 차의 비법은 바로 지은의 마음이었다. 이 차를 마시고 마음을 치유할 이를 생각하며 정성을 담는 것, 그것으로 위로를 주고 마음에 온기를 불어 넣어 주는 것이 지은의 특별한 능력이었다.

오늘은 자신을 위한 마음을 듬뿍 담아본다. 찻물이 끓을 동안 옷을 갈아입은 지은의 곁에 꽃잎들이 낮게 흘러 다닌다. 눈을 감고 양손을 들고 지휘하듯 차가 들어간 솥으로 꽃잎을 흘려보낸다. 오늘은 마른 찻잎이 아닌 생 꽃잎으로 차를 끓인다.

아마도 엄마와 아빠가 지은의 곁에 있었다면, 지나간 과거에 대한 후회로 가득한 메마른 삶을 살아가는 걸 보고 얼마나 슬퍼하셨을까. 양볼이 통통했던 소녀가 핏기 없이 깡마르고 차가운 삶을 살아가는 걸 안다면 다시 만난다 해도 자신보다 더 슬퍼할 것이다. 지은은 어린 시절 볼이 통통하고 빨갛던 자신을 떠올린다. 웃음과 사랑이 넘치던 엄마의 부엌과 아빠와 뛰놀던 정원을 생각한다.

이내 감은 눈을 뜨고 미소를 머금은 지은이 빨갛게 우려난 특제 위로 차를 찻잔에 천천히 따른다. 미리 따뜻한 물로 데워둔 하얀 찻잔에 찻물이 일정한 속도로 가득 찬다. 넘치지도 모자라지도 않을 만큼, 딱 좋게.

잠시 차가 식기를 기다리는 동안 거실로 걸어가 창문을 연다. 이 집에 처음 왔던 그날처럼 베란다에서 눈을 감고 숨을 크게 들이쉬고 내쉰다. 도시 냄새와 바다 냄새가 동시에 들이찬다. 눈을 뜬 지은이 잔을 받치듯 왼손을 들자 찻잔이 흔들림 없이 지은의 손에 자리 잡는다. 미소를 머금은 지은이 차를 마신다. 찻잔에 담긴 붉은 찻물만큼 빨갛게 노을도 저물고 있다.

"오늘 하늘은 구름이 참 많네. 달이 떠도 가려지겠어."

단 한사람만을 위한 특별한 위로 차를 마시며 차의 온기 만큼 마음에도 서서히 기쁨이 차오른다. 어제와 다를 것 없는 오늘이지만 어제와 다른 오늘이다. 반드시 오고야 말 행복, 그 행복이 바로 지금 이 순간 지은의 찻잔 안에 담겨 있다.

마지막 한 모금을 마신 순간, 지은의 치맛자락에서 꽃잎들이 소용돌이치며 하늘로 빨려 올라간다. 오랜 시간 지은의 일부였던 꽃잎들이 빨갛게 불타는 노을을 향해 날아가는 모습을 보며 지은은 손을 흔든다. 빨간 꽃잎들을 품은 구름이 내려와 지은을 감싼다. 엄마의 품처럼 포근한 구름에게 안긴 지은은 편안하다. 하나, 둘, 셋…. 지은을 감싼 구름이 다시 자신의 자리로 돌아간다. 지은은 천천히 걸어 돌아와 현관 앞의 거울을 본다.

구름이 지나간 자리에 구름이 남았다. 지은이 입고 있던 검은 원피스는 구름처럼 포근한 하얀색으로 바뀌었다. 빨간 꽃잎이 있던 자리엔 파란 꽃잎이 새겨져 있다. 꽃잎은 떠났지만 꽃잎은 남았다. 핏기 없던 지은의 입술에 빠알간 생기가 돈다. 이상하다. 왠지 모르게 마음에 희망이 차오른다.

지은은 서둘러 집을 나서 마음 세탁소로 향하기로 한다. 집 문을 열자마자 세탁소 문이 열렸으면 좋겠다.

"어머, 진짜 현관문 여니까 세탁소 문이 열리잖아?"

자신도 처음 쓰는 마법에 깜짝 놀란 지은은 들어가자마자 세탁소 간판에 불을 켠다. 세탁소 불이 꺼져 있어 걱정하는 이들을 위해 모든 불을 켠다. 1층과 2층을 오가며 창문을 연다. 그리고 옥상으로 올라간다. 그저께 널어둔 빨래가 여전히 빨랫줄에서 바람에 흩날리며 말라가고 있었다.

그렇다. 빨래도 햇살과 바람이 함께 불어야 바싹 마르는데, 마음에도 온기와 찬기가 그리고 기쁨과 슬픔이 함께 오는 게 당연한 일 아닌가. 일어난 일은 받아들여야 한다. 돌릴 수 있다면 돌리고, 돌릴 수 없는 일은 어쩔 수 없다는 사실을 인정해야 한다.

오랜 시간 도망치듯 살았던 삶에 이제 발붙일 테다. 가끔은 빨랫줄에 널려 있는 저 빨래들처럼 흔들림에 몸을 맡겨볼 테다. 비가 오면 비를 맞고 바람이 불면 바람을 맞고 햇살이 맑으면 따뜻함을 즐길 테다. 바람이 불면 이리저리 흔들리는 나를 바라볼 테다. 부족하고 실수하고 방황하고 흔들리는 나를 있는 그대로 사랑하는 것. 그것이야말로 마음의 얼룩을 제대로 흘려보내는 비법이 아닐까?

"워매, 지은 사장 웬일로 하얀 옷을 입었어~? 하이고 이쁘네 이뻐! 진즉 요로코롬 댕기지!"

"사장님! 어디 아픈 줄 알고 걱정했잖아요! 전화는 왜 안 받아요 진짜!"

"아 나, 사장님 큰일난 줄 알고 스트레스 받아서 오징어 두 마리 씹다 이빨 나가는 줄 알았어요! 책임져요!"

세탁소 불이 켜진 걸 본 우리 분식 사장, 연희, 재하가 옥상으로 뛰어 올라와 지은에게 애정 섞인 질책을 던진다. 그들의 말에 담긴 사랑의 온기를 듬뿍 받으며 지은이 웃는다. 이를 가득 드러내고 웃어도 웃음이 난다. 지은은 양손으로 입을 틀어막고 웃으며 그들의 포옹을 받는다.

지은의 원피스에서 빠져나온 파란 꽃잎들이 그들을 감싸고 뱅글뱅글 돈다. 따뜻한, 너무도 따뜻한 보통의 날들이다. 아무래도 오직 한 사람만을 위해 끓여 마신 특제 차 덕분인 것 같다. 이제야 엄마가 자신을 위한 특제 차를 끓이던 기분을 알 것 같다.

"나… 배고파. 밥 먹고 싶어."

지은이 배고프다는 말에 세 사람은 동시에 놀라 눈을 동그랗게 뜬다. 지은이 먼저 밥을 먹고 싶다는 말을 한 건 처음이다. 우리 분식 사장이 서둘러 분식집으로 걸어간다. 재하와 연희가 지은의 양 팔을 사이좋게 나누어 붙잡고 뒤를 따라 들어간다.

"근데 사장님, 옷에 빨간 꽃이 아니고 파란 꽃이네요?"

재하가 지은의 원피스에 새겨진 꽃잎을 바라보며 다시 눈을 동그랗게 뜬다. 지난번에도 파란색인지 보라색인지로 보였던 적이 있는데, 이번에도 자신의 눈이 잘못된 것인이 미심쩍어 하면서.

"파란 꽃잎도 예쁘지."

대답하며 지은은 재하를 향해 미소 짓는다. 그러고 보니

이 세탁소를 처음 피워낼 때도 이 아이들과 함께 했었지. 그날은 달이 구름에 얼굴을 가려 칠흑 같은 어둠이 세상을 덮은 날이었다. 구름이 많은 날이었다. 마치 오늘처럼.

"사장님, 이제 어디 아플 거면 미리 예고하고 아파요! 진짜 걱정했잖아요. 핏기 하나도 없는 사람이 전화도 안 받고 세탁소도 안 나오고 그럼 우리가 얼마나 속이 타는데요!"

퇴근하자마자 달려온 연희가 입고 있던 검은색 자켓 단추를 풀며 볼멘 소리로 말한다. 지은이 세탁소에 나오지 않은 이틀 동안 재하와 연희는 경찰에 신고해야 하는 건 아닌지, 신고를 하면 찾을 수나 있는 사람인지를 고민하느라 잠을 설쳤다.

"사장님 집 문을 몇 번이나 두드렸다고요. 오늘까지 안 나타나면 경찰서에 신고하려고 했는데! 아니, 마법을 쓰고 머리 길고 꽃무늬 옷 입은 예쁜 여자 찾아달라고 하면 경찰서에서 우리를 잡아가지 않겠어요? 이상한 애들이라고!"

이번엔 재하가 볼멘소리를 한다. 지은은 미안함과 고마

운 감정이 동시에 든다. 소속된 기분, 함께 살아가는 기분이 이런 것인가. 두 사람을 향해 양손을 합장하듯 모으며 고개를 살짝 숙인다.

"미안, 조금 아팠어."

지은의 미안하다는 말에 재하와 연희가 동시에 얼어붙어 행동을 멈춘다. 이내 연희가 더욱 걱정스럽다는 듯 지은의 이마에 손을 댄다. 이럴 리가 없는 사람인데. 사과라니. 머리라도 다친 건가?

"사장님 진짜 어디 많이 아파요? 병 걸린 거 아니죠? 왜 갑자기 사과를 해요, 무섭게…! 그리고 옷은 왜 이렇게 하얗고 예쁜 걸로 갈아입고. 오늘 좀 이상해요. 혹시 사장님 아닌 거 아니에요? 마법 부려서 사장님 분신 이런 거 만든 거 맞죠?"

"치워, 헛소리 하지 말고."

연희가 이마에 올린 손을 치며 지은이 눈을 흘긴다. 재하와 연희는 그제야 안심한 듯 가슴을 쓸어내린다.

"휴, 그래요. 사장님 맞네."

"아이고, 뭔 장난들을 그르코롬 한다냐, 식기 전에 어서 어서 먹어."

빨간 테이블에 두툼하게 썬 김밥이 각자의 앞에 놓여진다.

"헤엑, 무슨 김밥이 이렇게 커? 김밥이 내 얼굴 만해!

아줌마, 이 정도면 안 씹혀요. 칼로 썰어 먹어야 한다고요!"

"아이고 재하 이놈아, 썰어 먹건 베어 먹건 다 먹을 수 있는겨! 잡소리 말고 어여 먹어! 국물 갖다 줄게 좀만 기댕기."

재하의 등을 찰싹 치며 연희와 지은에게는 활짝 웃음을 지어 보인 우리 분식 사장이 절룩거리며 국물을 푸러 돌아선다. 연희가 일어나 국물 그릇을 받아들고 둘에게 나누어준다.

지은과 재하는 커다란 김밥에 시선을 고정하고 바라본다. 재하가 먼저 입 근육을 풀며 김밥을 입에 넣는다. 갓 지은 밥에 고소한 참기름과 소금이 적절하게 들어가 있다. 간을 하지 않고 채 썬 당근, 오이, 우엉, 계란 지단, 햄, 단무지, 어묵이 조화를 이루며 씹을 때마다 각기 다른 맛을 낸다. 그러고 보니 김밥에 연자 씨가 배어 있다. 입이 짧은 재하가 다양한 영양분을 섭취할 수 있게 연자 씨도 자주 김밥을 싸주었다. 양 볼이 터질 듯 김밥을 씹으며 마음이 찡해진 재하가 김밥을 하나 더 입에 넣고 국물을 마신다.

"아줌마, 김밥이 맛있어졌는데? 뭘 넣은 거야, 말해줘 말해줘!"

괜스레 눈물이 날 거 같아 너스레를 떠는 재하를 보며 우리 분식 사장은 앞치마에 손을 넣고 웃는다. 얼마 전 연자가 다녀간 뒤로 김밥에 들어가는 재료를 바꿔보았다. 염분이 많으니 당근과 오이는 볶거나 채를 썰지 말고 그대로 넣어보라는 연자의 제안대로 해본 것이었다.

"맛있으면 먹고 또 말아줄게. 많이 먹어."

높게 쌓인 김밥산을 세 사람이 젓가락으로 열심히 오른다. 지은은 접시에 김밥을 덜고 재료를 두어 개씩 빼서 오물오물 씹는다.

연희도 입을 크게 벌린 뒤 한입 가득 차오르는 밥을 씹는다. 사실 오늘 교육이 많아 한 끼도 먹지 못했다. 종일 높은 구두에 정장 차림을 하고 긴장하다 맘 편히 밥을 먹으니 살 것 같다. 세 사람은 대화 없이 씹기에 집중한다. 대화가 없어도 편안한 사이, 조용한 침묵이 불편하지 않은 평온한 시간이다. 성실히 먹어 어느 정도 김밥산이 내려오자 침묵을 깬 건 재하였다.

"근데, 우리 이렇게 다같이 밥 먹고 있으니까 꼭 가족 같지 않아?"

재하의 말을 들은 지은과 연희 그리고 우리 분식 사장은 동시에 서로를 바라본다. 시선에 따뜻한 온도가 감돈다. 그래, 대체 가족이란 무엇일까.

지은은 잃어버린 엄마, 아빠를 찾기 위해 그토록 오랜 시간을 헤맸다. 함께 보냈던 따스한 기억을 붙잡고 외롭고 힘든 시간을 버텨냈는데, 지금 이 순간 그 시절의 안온함을 느낀다. 이상하게 더 이상 외롭지가 않다. 엄마, 아빠를 찾지 못했는데도 더 이상 슬프지만은 않다. 지나간 일은 지나갔으니 오늘의 삶을 살아가고 있는 것뿐일까. 받아들이고, 인정하고, 오늘을 살아가는 그런 용기가 나한테 생긴 걸까. 지은은 고개를 갸우뚱하며 빈 어묵 국물 그릇을 숟가락으로 툭툭 친다.

"아이고, 가족이 뭐 별건가. 야들아. 맨날 속 썩이고 사고 치고 힘들게 하는데도, 피로 맺어졌다는 이유로 끊어낼 수 없는 가족도 많어. 느무 밉고 속상한디, 또 가족이라는 이유로 기대하고 상처받고 상처주는 그런 가족보다, 요즘은 우리처럼 이르케 마음 맞는 사람들끼리 모여서 안아주고 보듬어주고 그러믄서 가족이 되는 거여. 안 그려, 지은 사장?"

절룩이는 다리로 따뜻한 어묵 국물을 들고 와 지은의 앞에 두며 우리 분식 사장은 한쪽 눈을 찡긋 한다. 주름진 사장의 표정이 정겨워 국물을 받아든 지은이 환하게 웃음 짓는다. 따뜻하다. 국물도, 이 사람들도.

"맞네. 서로 아껴주고 챙겨주고 걱정해주고, 같이 밥 먹고 일상 공유하고. 우리 가족인 거 같아."

지은의 말에 김밥을 씹던 연희의 눈가에 눈물이 맺힌다. 내게도 가족이 생겼구나. 그렇게 갖고 싶던 나의 울타리가.

"어, 분위기 갑자기 왜 이래. 이거, 진지해지고 좋은데? 참, 해인이한테 전화해줘야겠네. 그 자식도 지은 사장님 연락 안 된다니까 걱정 엄청 하던데요? 내일부터 바다 갤러리에서 사진전 오픈이라 정신 없을 텐데, 사장님은 찾았냐고 계속 연락 오더라니까요! 작품 설치하고 이틀 밤 내내 세탁소 근처를 맴돌았대요, 글쎄."

부른 배를 만지며 휴대폰을 집어 든 재하는 지은을 흘깃 본다. 재하는 해인의 연모를 진작 눈치채고 있었다. 어떤 영화에서 보았는데 세상엔 숨길 수 없는 게 세 가지가 있다고 했다. 재채기, 가난, 사랑. 마음 세탁소에 처음 온 날 해인의 눈에 지은이 차오르는 걸 보며 재하는 조금 염려스러웠다. 왠지 지은 사장님은 언제고 바람처럼 사라져버릴 것 같았으니까. 처음 왔던 그날처럼 삽시간에 사라질 것 같았다.

그 녀석이 누군가를 걱정하고 염려하는 건 오랜만에 본다. 다정해 보이지만 경계가 분명해서 쉽게 마음에 누구를 들이지 않는 녀석인데.

"아… 그래…."

속이 풀어진 김밥 재료를 젓가락으로 콕콕 쑤시며 지은이 대답한다. 해인의 눈에 지은이 담긴 건 알겠는데 지은 사장님의 속은 도통 모르겠다. 까칠하지만 친절한 것 같고 차갑지만 따뜻한 사람. 사람들의 마음에 있는 아픈 얼룩을 빼주는 좋은 사람인데, 정작 자기 속의 얼룩은 뺄 줄 모르는 슬픈 사람 같기도 하다. 다른 사람들의 눈동자에선 감정을 읽을 수 있는데 지은의 눈은 감정 없는 검고 푸른 깊은 심해 같다.

재하는 구두를 벗고 종아리를 주무르고 있는 연희에게 물 한 잔을 가져다준 뒤 해인에게 메시지를 보냈다. 에이, 복잡한 건 잘 모르겠고, 일단은 친구들이 행복했으면 좋겠다. 지금은 해인이 속이 타고 있으니까 그 불부터 꺼줘야지.

재하가 메시지를 보내자마자 전화가 울린다. 해인이다.

"재하야, 지은 씨 찾았어? 어디 다친 데는 없고? 무사해?"

숨 쉴 틈 없이 말을 뱉는 해인의 전화를 그대로 지은에게 넘겨준다. 지금 해인이 듣고 싶은 목소리는 재하가 아닌 지은일 테니. 전화를 넘겨받은 지은은 재하를 향해 미소를 지으며 분식집 밖으로 나간다. 오늘은 바람이 좋은 날이다. 바람에 흩날리는 검은 머리카락을 귀 뒤로 넘기며 전화기 너머 해인에게 한 발자국을 뗀다.

"저 괜찮아요. 이틀 동안 내리 잤어요. 아무 일 없어요."

"지은 씨, 어디 다친 데는 없어요? 많이 아파요?"

지은의 목소리를 들은 해인은 심장을 쓸어내리며 안도의 숨을 쉰다. 처음 뷰파인더 속 지은을 보던 날부터 해인은 내내 지은의 슬픈 눈빛이 마음에 얹혔다. 체한 것처럼 지은이 마음에 얹혀 있다가 세탁소에 와서 지은을 보면 체기가 내려갔다. 이상했다. 사랑을 해보지 않은 건 아니지만 이런 아련하고 조심스러운 느낌은 전에 없었다. 슬픔을 온몸에 안고 다른 사람들의 마음을 위로하고 치유해주는 저 여자를 지켜주고 싶다는 생각도 들었다.

하지만 섣부르게 굴면 물방울처럼 사라져버릴 것 같아 지은의 주변을 맴돌기만 했다. 해인 자신의 마음도 확인해 보고 싶기도 했다. 그런데 재하에게서 지은이 사라졌다는 이야기를 들은 순간부터 이틀간 해인은 걱정이 돼서 미칠 것 같았다. 물방울이건 수증기건 다시 지은을 찾는다면 마음을 꺼내어보기라도 하고 싶었다. 해인은 전화를 받으며 달리기 시작했다.

"저… 거기 그대로 있어요. 제가 갈게요."

해인의 목소리를 들으며 지은이 한 발자국 다시 뒤로 물러섰다.

"여보세요? 지은 씨 듣고 있어요? 전화 끊은 거 아니죠? 잠깐이면 돼요. 거기 있어요."

"음… 해인 씨, 지금 어디예요?"

"아, 여기 갤러리인데 택시타면 금방 가요. 내일 전시 오프닝이라 준비하고 있었어요."

"그럼 내가 그쪽으로 갈게요."

지은이 두 발자국 앞으로 걸어가며 말했다. 도로로 나와 택시를 잡던 해인이 놀라 멈추어 선다. 그녀가 온다고 한다. 그녀가 내게로.

"괜찮겠어요? 아팠던 거 같은데 무리하지 말아요."

걱정스러운 해인의 목소리를 들으며 지은이 빙긋 웃는다. 메리골드에 와서 한 번도 하지 않았던 일을 하고 싶어졌다. 오늘은 바람이 좋은 날이니까.

"세상에서 가장 큰 유리창이 있는 버스 알아요?"

"세상에서 가장 큰 유리창이 있는 버스? 음… 알 거 같은데."

"네, 그 버스 타고 갈게요. 가서 이야기 할게요. 기다려줘요."

전화기를 사이에 두고 동시에 빙긋 웃는 두 사람의 머릿결 위로 기분 좋은 바람이 훑고 지나간다. 머리칼을 간질이는 바람을 타고 지은은 분식집으로 들어가 휴대폰을 재하에게 건네고 환하게 싱긋 웃는다. 종아리를 주먹으로 툭툭 치며 김밥을 먹던 연희가 놀라 씹기를 멈춘다.

"사장님 지금… 설마 수줍게 웃은 거예요? 아니 오늘 대체 왜 그래요. 미안하다고 하질 않나, 하루에 여러 번 웃질 않나. 아무래도 병원에 가야겠어요!"

"병원은 니가 가자, 연희야. 사장님, 바다갤러리 주소 문자로 보내드릴게요."

웅얼거리는 연희의 입에 김밥을 하나 더 넣으며 재하가 싱글싱글 웃는다. 분식집 문에 귀를 대고 둘의 통화를 엿들은 재하는 자신도 모르게 환호를 지를 뻔했다. 그쪽으로 가겠다고 말하는 사장님의 눈빛이 처음으로 빛났다. 산 송장처럼 마른 눈빛이나 슬픈 눈빛이 전부였던 지은의 눈동자에 생기가 느껴진다.

더군다나 마음 세탁소를 피워낸 그날부터 이 동네를 떠나지 않았던 사람이, 처음으로 자기 발로 어디를 간다고 한다. 심지어 마음만 먹으면 마법으로 이동할 수 있는 사람이 버스를 탄다니. 대체 무슨 일이람.

"재하야, 연자 씨가 이 동네는 버스를 타면 참 좋다고 했어. 다녀올게."

재하에게 휴대폰을 건넨 지은이 문을 열고 나가려다 멈추어서 다시 뒤를 돈다.

"아줌마, 잘 먹었어. 맛있네. 고마워. 내 꽃무늬 원피스 예쁘다고 했었지? 비슷한 거 구해줄게."

또 놀란 세 명이 동시에 지은을 바라본다. 오늘 왜 이리 사람을 놀라게 하는지. 세 사람을 향해 오른손을 한 번 들어 올린 지은이 분식집 문을 열고 걷는다. 이제 조금씩 마음의 소리를 외면하지 않고 들어주기로 했다. 버스 정류장을 향해 마음의 속도만큼 걷는다. 너무 느리지도, 너무 빠르지도 않게. 언젠가 오늘의 걸음을 후회해도 괜찮다. 시간이 지나 어긋난 마음에 아파해도 괜찮다. 일단 오늘은 마음이 시키는 대로 용기를 낼 테다.

세상에서 가장 큰 유리창이 있는 버스를 타러 간다. 스스로 가두어둔 마음의 경계를 허물고 문을 열고 나가는 시작의 버스를 탄다. 왈츠를 추듯 경쾌한 발걸음으로. 지은의 치맛자락에서 흔들리는 파란 꽃잎들도 함께 춤을 춘다. 흔들리는 꽃잎들과 함께 바람이 분다, 거리에도, 마음에도. 우리 모두에게 같은 바람이 분다.

"바람이 분다, 살아야겠다."

정갈하고 힘이 있는 지은의 목소리가 골목길에 울려 퍼진다. 메리골드의 가로등이 지은의 목소리와 함께 동시에 켜진다. 빛이다. 어둠 가운데서도 길을 비춰주는 빛이 켜진다.

"사장님, 버스 카드 가져가세요! 아무리 마법을 부려도 카드를 찍어야 버스를 탈 수 있다고요!"

정류장을 향해 헉헉대며 뛰어온 재하가 잽싸게 지은의 손에 교통 카드를 쥐어준다. 때마침 도착한 버스를 카드를 들고 지은은 버스를 탄다. 이걸로 무얼 하라는 건지…. 유리창이 큰 자리에 앉으려는 지은을 향해 버스 기사가 소리친다.

"아가씨, 뭐 해! 여기다 카드 찍고 가야지!"

기사가 버스 리더기를 탁탁 치며 지은을 바라본다. 손에 든 카드를 리더기에 찍고 다시 자리에 앉은 지은은 괜히 기분이 좋다. 아직도 처음 해보는 일이 있다니. 백한 번째 생을 얻은 마냥 설렌다.

창문을 여니 알싸한 바람이 지은의 볼을 간질인다. 버스는 구불구불 높은 언덕길을 내려와 시내를 향해 달린다. 사람들이 타고, 내린다. 바쁘게 길을 걷는 사람, 연인을 만나 포옹을 하는 사람, 양손에 먹을 걸 잔뜩 사들고 가는 사람, 피곤에 지쳐 이어폰을 귀에 꽂고 휴대폰만 보는 사람, 여럿이 이야기를 나누며 걷는 사람들까지. 버스 안과 밖은 사람들이 살아가는 풍경으로 가득 차 있다. 저마다 다른 표정을 하고 있는 사람들과 어우러지는 도시 풍경을 본다.

낯선 타인들이 서로를 무심히 스치지만 같은 공간에서 함께하고 있다. 그동안 지은은 어떤 삶을 살아도 이질감이 들었다. 하지만 오늘은 눈에 보이는 풍경에 자신도 포함되어 있음에 어색함이 없다. 생을 반복해 태어나기를 선택한 뒤 처음으로 이 세계에서 섞인 기분이 든다. 함께 어우러져 살아가는 기분, 얼마 만에 느껴보는 안도인가. 코끝이 찡해진다.

"이번 정류장은 바다 갤러리, 바다 갤러리 앞입니다."

한참 즐겁게 창밖 구경을 하다 보니 바다 갤러리에 정차

한다고 안내 방송이 나온다. 사람들이 정차할 역에서 벨을 누르는 걸 본 지은도 벨을 누른다. 멀리서부터 해인이 기다리고 있는 모습이 보인다. 침착한 사람이 왜 저리 초조하게 서성거리는지. 안절부절하는 해인을 보며 지은의 심장이 뛰기 시작한다. 신호를 사이에 둔 삼십 초가 꽤나 길다.

"지은 씨! 괜찮아요? 많이 아팠어요?"

초조하게 서성이던 해인이 정류장에서 내린 지은을 보자마자 안색을 살핀다. 그녀가 사라진 줄 알았던 이틀 동안 해인은 일에 집중할 수 없었다. 그리고 후회했다. 고민하고 망설이느라 시간을 허비하지 말고 마음을 고백할걸. 해인만의 방식으로 지은을 향한 연모를 이어왔는데 그녀가 사라져버릴 수도 있다는 걸 생각지 못했다. 조금만 더 빨리 용기를 냈어야 하는데…. 얼마나 후회를 했던지. 잠을 못 잔 듯 눈이 충혈되고 수염이 자란 해인을 보며 지은이 인사를 한다.

"이틀 간 내리 잤어요. 어떤 꿈을 꾸고 나서 깼어요. 그리고 이제 안 아파요."

말을 하는 지은의 눈빛이 전처럼 슬퍼 보이지 않는다. 다행이다. 안도하는 해인을 보며 지은이 눈빛으로 괜찮다며 다시 말한다. 많은 말을 하지 않아도 마음이 오고 간다. 편안해진다.

"해인 씨, 휴대폰 좀 줘봐요."

"휴대폰이요? 아… 여기요."

"여기, 내 번호예요. 저장해요."

해인의 휴대폰으로 지은이 자신에게 전화를 걸어 서로 번호가 찍히게 해서 다시 건넨다. 휴대폰을 받아든 해인이 정성스레 지은의 이름을 입력한다. 방금 전엔 지은을 만나기만 하면 고백하려고 했는데, 막상 눈앞의 그녀를 보니 아무 생각이 떠오르지 않고 머릿속이 하얘진다. 어쩌면 좋지… 고민하던 해인이 입을 뗀다.

"같이 걸을래요?"

해인의 말에 지은은 웃음으로 화답한다. 두 사람은 나란히 걷기 시작한다.

무르익은 가을이 거리에 넘실대고 바다 냄새를 품은 바람이 두 사람의 방향으로 불어온다. 도로의 차가 달리고 서고를 반복한다. 사람들이 만나고 헤어지고를 반복한다. 두 사람도 거리의 풍경에 섞여 함께 걷는다.

"메리골드에 와서 시내에 처음 내려와봤어요. 다른 세상에 온 것 같은 느낌 드는 거 알아요?"

"알아요. 거기랑은 또 다른 세상 같잖아요. 복잡하고, 빠르고 그래서 심장도 빨리 뛰고. 그래서, 세상에서 가장 큰 유리창이 있는 버스를 탄 기분은 어때요?"

복잡한 시내를 지나느라 심장이 빨리 뛰는 건지, 지은

이 곁에 있어 심장이 빨리 뛰는 건지 해인이 고민하다 말이 나왔다. 머리를 긁적이는 해인을 보며 지은이 또 웃는다. 큰일 났다. 심장이 고장이라도 나버린 건가. 왜 자꾸 뛰는 건지.

"버스를 탄 것뿐인데 마음의 산을 하나 넘어서 유리창 밖으로 나온 기분이 들었어요. 사는 일이 때론 매번 산을 넘는 거 같잖아요. 이 산만 넘으면 편안해질 것 같은데 다시 산을 만나게 되잖아요. 그런데 버스에서 내리는 순간 산을 내려와 다시 산을 만나지 않을 것처럼 마음이 가벼워졌어요. 놀랍죠…."

해인이 공감한다는 듯 고개를 끄덕이며 듣는다.

"아마도 마음 세탁소에 얼룩을 지우러 오는 이들도 이런 마음일 거 같아요. 이제야 조금 알 것 같다는 생각이 들었어요."

그동안 사람들의 마음이 편안해지기를 바라며 얼룩을 지우고 주름을 다려준 지은이었다. 세탁소를 들어올 때의 구겨진 표정이 개운하고 말끔한 표정으로 바뀌어 나가는 것을 보며 안도하면서도 궁금했다. 대체 어떤 기분일까. 초를 켜는 마음으로 그들의 행복을 빌어주면 언젠가 자신도 그 마음을 알게 되지 않을까 내심 기대했지만 알 수 없었다.

하지만 오늘은 어렴풋이 그 마음들을 알 것 같았다. 생각에 빠진 지은에게 방해가 되지 않도록 기다리던 해인이 바다 갤러리 앞에 도착하자 멈추어 서 말했다.

"돌아가는 버스는 저랑 같이 타는 거 어때요? 다시 산을 오를 때, 혼자보다 둘이 의지될 때도 있거든요."

"음…. 좋아요. 아, 여기서 전시해요?"

"네. 그간 어머니의 카메라로 찍은 사진들을 처음으로 꺼내보기로 했어요. 잠깐 들어갈래요?"

"네."

해인은 그동안 닫힌 마음으로 살았다. 어머니와 아버지가 세상을 떠난 뒤 어머니의 카메라로 꾸준히 사진을 찍었지만 현상하지 않았다. 담아두기만 했던 추억을 꺼내기로 한 건 우연히 옥상에서 눈물을 흘리는 여자를 찍은 뒤였다. 사진은 눈에 보이는 실제만 담아낼 뿐이지 감정을 찍을 수는 없다고 생각했는데, 그녀의 슬픔을 찍은 뒤 필름을 인화하고 싶어졌다.

박스에 수북이 쌓인 필름을 인화해 열 평 남짓한 작은 갤러리를 빌려 사진전을 열기로 했다. 그녀가 이 사진을 봐주기를 바라며 준비했다. 해인이 갤러리의 불을 켜며 지은을 안내한다.

"사실, 보여주고 싶은 사진이 있었어요."

"어… 어떻게 이 장면이 찍힐 수 있죠? 사람들 눈에는 보일 리가 없는데…?"

입구에 들어서자마자 걸린 커다란 사진 앞에서 지은이 놀라 멈춘다. 사진에는 여자의 검고 긴 속눈썹 끝에 달린 눈물이 찍혀 있다. 지는 해를 배경으로 찍힌 슬픈 눈동자의 주인은 지은이었다.

"아마 사람들 눈에는 아무것도 보이지 않는 하얀색으로 보여요. 지은 씨랑 저만 볼 수 있어요."

"어떻게…? 혹시 해인 씨도…?"

"아… 그게… 실은…. 천천히 말해줄게요. 잠깐 이리 와볼래요?"

놀란 지은에게 차분히 웃어 보이며 해인이 손바닥으로 오른쪽을 가리킨다. 하얀 벽 앞에는 해인이 오랫동안 메고 다니던 카메라가 플라스틱 네모 박스 위에 올려져 있다. 그 옆에는 포토프린터가 놓여 있고 〈결정적 순간〉이라는 제목이 적혀 있다. 전시장에서 즉석으로 관람객들에게 사진을 찍어주는 행위 자체를 작품으로 만든 것이다.

얼떨떨한 지은의 양쪽 어깨를 해인이 부드럽게 감싸고 벽 앞의 의자로 안내한다. 의자에 앉은 지은이 작품 제목을 읽으며 생각에 잠긴다.

"결정적 순간을 찍기 위해 평생을 찍었는데 매일이 결정적 순간이었다, 앙리 카르티에 브레송이 말했죠."

"맞아요. 그 말을 그대로 제목으로 붙여봤어요. 오늘은 참 좋은 날이네요. 이 작품 구상할 때 지은 씨를 제일 먼저 찍고 싶었거든요. 와줘서 고마워요."

박스 위에 올려진 카메라를 들고 초점을 조절하며 해인이 수줍게 웃는다. 의자에 앉은 지은의 얼굴에도 해인의 웃음을 닮은 미소가 번진다. 미소는 좋은 기분으로 이어진다.

"사진 한 장 찍어드려도 될까요?"

"그래요, 찍어주세요."

"잠시 눈을 감고, 지은 씨가 가장 행복했던 순간을 떠올려봐요."

해인의 말에 지은은 눈을 감는다. 가장 행복했던 순간이 언제였던가. 뭔가 특별한 순간이 행복일 것이라 생각했다. 실수를 만회하고 돌려놓아야지만 행복할 것이라 생각했다. 자격이 없으니 행복하지 않으리라 결심하기도 했다.

하지만 그럼에도 불구하고 생의 모든 순간은 소중함이고 사랑이었다. 후회로 가득 찼던 어제도, 나를 사랑하는 법을 깨달은 오늘도, 어쩌면 늙어갈지도 모를 내일도. 아니 어쩌면 마법을 풀지 못하고 다시 태어난다 해도 그 모든 삶은 나의 선택이었으므로 행복일 것이다. 뭉클하다. 심장에 손을 대어 따뜻한 온기를 느낀다.

어느 날엔 마음이 없기를 바란 적도 있었다. 마음이 없다면 아프지도, 슬프지도 않을 거 같아서. 마음을 꺼내어 깨끗하게 세탁해 다시 집어넣고 아픔도 슬픔도 없이 살아가고 싶었다. 마음을 꺼낼 수는 없으니 사람들 마음의 얼룩을 지우고 위로할 수 있는 특별한 능력을 가지고 태어난 것이었을까.

어쩌면 마음이 아플 것 같은 날엔 마음을 미리 꺼내어 빈 마음으로 살다, 기쁜 날에만 마음을 다시 넣어 살 수 있었을지도 모른다. 그치만 그렇다면 사람들의 아픈 마음을 공감할 수 있었을까? 초를 켜는 마음으로 해를 향해 사람들의 얼룩을 꽃잎으로 날려 보낼 수 있었을까?

'아… 꽃잎….'

짧은 탄식이 흐른다. 꽃잎들. 사랑하는 이들을 잃고 혼자 남았다 생각했는데, 지은을 따라다니던 꽃잎들이 그간 함께했던 이들의 마음이 아니었을까. 지은이 외롭지 않도록, 얼룩이 바삭하게 말라 아름다운 꽃잎이 되어 곁을 지켜준 게 아니었을까. 지금까지 지은이 사람들을 위로했다 생각했지만 사실 사람들도 지은을 위로하며 함께해온 것이다.

얼핏 들었던 부모님의 대화로 지은에게는 두 가지 능력이 있다는 걸 알았다. 사람들의 마음을 위로하고 치유하는 능력을 보조하기 위해, 꿈꾸는 일을 실현시키는 능력을 가지게 된 것이 아닐까.

나를 사랑하며, 있는 그대로의 나를 인정하고, 아픔도 슬픔도 기쁨도 모두 느끼며 꽃 피우는 오늘이야말로 우리가 꿈꾸던 그날이 아닐까. 엄마와 아빠가 알려주고 싶어했던 비밀이 바로 지금 이 순간이 아닐까. 영원처럼 긴 생각이 짧은 순간 스쳐 지나갔다. 이윽고 지은이 눈을 뜬다.

찰칵.

사진을 찍자마자 카메라에 연결된 포토 프린터에서 사진이 나온다. 삶은 놀라운 비밀의 연속이다. 사진 속 지은의 눈동자에는 지은과 함께한 이들의 웃음이 가득 담겨 있다. 지금 지은의 곁을 지키는 이들, 스쳐 지나간 시절 인연들, 그토록 지은이 보고 싶어 했던 이들까지.

이때, 지은의 치맛자락에서 꽃잎들이 빠져나와 두 사람의 곁을 맴돈다. 파란 꽃잎들이 물결치듯 바다 갤러리를 가득 채운다.

어쩌면 꿈꾸는 일을 현실로 만드는 능력은 굳이 마법을 쓰지 않아도 우리 모두의 삶에서 가능한 능력일지도 모른다. 삶을 원하는 대로 만들어가는 힘은 실수하고 얼룩지더라도 자신을 있는 그대로 사랑하는 사람에게 주어지는 용기와 특권 같은 게 아닐까. 그렇다면 이 마법은 선택받은 특별한 이에게만 허락된 것이 아니라 당신도 나도 가질 수 있는 능력이다. 모두에게 이 비밀을 알려주려고 지은이 세상에 온 것일까.

복잡한 감정이 뒤엉킨 지은이 사진과 해인을 번갈아 본다. 그러고 보니 해인에게선 햇살 냄새가 났다. 마음 세탁소 옥상 빨랫줄에 걸린 빨래처럼 양팔을 벌린 그가 햇살처럼 웃고 있다. 햇빛에 잘 말린 바삭한 빨래 냄새가 난다. 해인이 말한다.

"어서 오세요, 여기는 마음 사진관입니다."

둘은 동시에 웃음을 터뜨린다. 눈이 부시게 빛나도록 아름다운 오늘이다.

에필로그

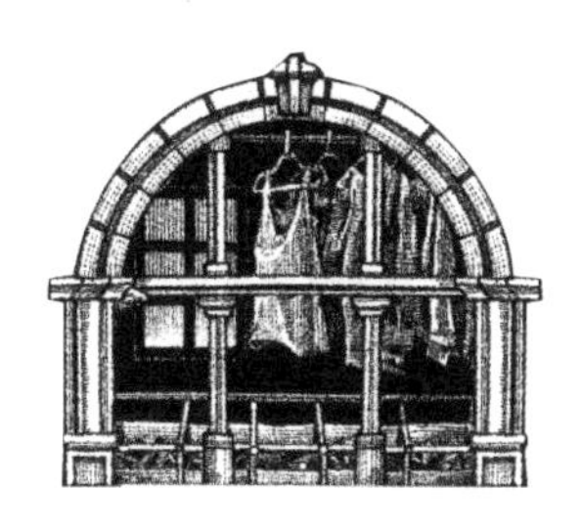

"하루하루 살아내는 일이 매번 그래요. 힘든 일 앞에 서면 이게 또 언제 지나가나 싶잖아요. 그런데 막상 평온한 날들이 지속되면 나도 모르게 불안해져요. 이게 무슨 일이지? 왜 아무 일도 없지? 삶에 대한 의심만 가득해지죠. 그럴 땐 마음 세탁소로 오세요. 오셔서 한바탕 수다 떨고 가요. 이야기라도 나누면 마음에서 얼룩이 빠지듯 가벼워지잖아요."

"컷! 은근 소질 있는데, 이연희?"

주말마다 마음 세탁소에서 일을 돕던 재하와 연희는 취미로 개인 유튜브 채널을 만들자며 영상을 찍기 시작했다. 그동안 화장품 판매직을 해온 덕에 사람들 앞에서 말하는 일이 어색하지 않다며 연희가 먼저 제안했다. 영상을 찍을 때면 가슴이 두근거리는 재하는 연희의 제안을 달게 받았다. 주중에는 회사에서 열심히 일하고 주말에는 연희와 촬영을 한다.

그동안 재하에게 산다는 일은 균형 맞지 않은 시소를 타는 기분이었다. 시소의 한쪽이 올라간 적 없는, 내려앉은 방향으로만 앉아 있는 것 같았는데 요즘은 시소가 움직이는 기분이 든다. 마음 세탁소가 피어나는 장면을 보고 그 안으로 들어가볼 용기를 낸 그날부터 시소가 움직였다. 아마도 삶에서 가장 큰 용기를 낸 날이었을 것이다.

"그냥 너희들이 이 세탁소 운영하는 게 어때?"

우리 분식에서 김밥을 받아 들고 나오던 지은이 두 사람을 보며 말한다.

"아후, 사장님. 그렇게 진지한 표정으로 하는 농담 아직도 적응 안 돼요."

오들오들 떠는 시늉을 하며 재하가 김밥 한 줄을 받아 든다. 연희도 지은 곁으로 와서 김밥을 받으려다 소스라치게 놀란다. 이게 대체 무슨 일인가.

"사장님…! 사장님도 흰머리가 있어요?"

연희의 말에 지은도 놀라 머리를 만진다. 흰머리라니. 태어나 처음 겪는 일이다.

"나 흰머리가 있어? 어디에?"

"여기 오른쪽에 하나 있어요. 와… 대박 사건."

어느새 두 사람의 곁으로 온 재하도 흰머리를 찾는다. 그러고 보니 지은 사장님의 눈가에 얇게 주름이 잡힌 것도 같다. 평생 늙지 않을 것 같던 사람이 흰머리와 주름이라니.

"뽑아드릴까요?"

"아니, 뽑지 마. 거울 보고 올게."

거울을 보러 들어가는 지은의 발걸음이 이상하리만치 가볍다. 그토록 기다리던 나이 들어감이 찾아와준 것인가. 흰머리가 나고, 주름이 지고, 사랑하는 이들이 곁을 떠나지 않고, 자연스럽게 함께 나이 들어가는 그런 일상이 시작되는 걸까.

마음 세탁소를 운영하며 지은이 깨달은 사실은, 오늘이야말로 가장 특별한 선물이라는 것이다. 아무리 후회해도 어제는 이미 지나가버렸고 내일은 아직 오지 않은 먼 미래이니 오늘을 살아야 한다. 우리 모두가 공평하게 받은 마법 같은 선물이 바로 오늘 하루다.

"연희, 재하, 내가 비밀 하나 알려줄까?"

"우오, 비밀이요? 어떤 비밀이요?"

"잠깐만요, 몰래 엿듣는 사람 없나 살펴보고 들을게요."

"근데, 이건 소문 나도 되는 비밀이야."

"에이. 그럼 비밀이 아니죠. 시시하게."

"안 들을 거야?"

"아뇨, 아뇨. 들어야죠! 뭔데요?"

"있지, 너희들도 나처럼 특별한 능력이 있어."

"정말요…?"

"응. 바로 '말하는 대로 이루어지는 능력'이야."

연희와 재하는 동시에 서로를 바라본다. 그리고 다시 지은의 입을 응시하며 다음 말을 기다린다. 지은은 검고 긴 머리를 쓸어 올리고 해사하게 웃으며 둘의 어깨에 손을 올린다.

"내가 가고 있는 이 길이 맞는 길이고, 내 선택이 옳은 것이라 잘될 것이라 믿는다면 결국 그렇게 될 거야. 말하는 대로, 믿는 대로, 마음이 시키는 대로 살아가는 능력이 이미 네 안에 있어. 그냥 의심하지 말고 자신을 믿어봐. 충분히 해낼 수 있다고 믿어봐."

올린 손에 힘을 주어 둘의 어깨를 두 번 토닥이며 지은은 말을 잇는다.

"그리고 기억해. 신은 인간에게 최고의 선물을 시련이라는 포장지로 싸서 준대. 오늘 힘든 일이 있다면 그건 선물 받을 준비를 하고 있는 거야. 엄청난 선물의 포장지를 벗기는 중일 수도 있다는 거지."

말을 마친 지은은 골몰히 생각에 잠긴 두 사람을 뒤로하고 천천히 옥상으로 향한 계단을 오른다. 옥상 한가운데

놓아둔 의자에 비스듬히 눕듯 앉아 햇살을 가만히 바라본다. 꽃잎을 하늘에게 올려 보내기엔 너무 한낮이다.

눈을 감고 평온한 미소를 띠며 세상 가장 편안한 표정으로 내리쬐는 햇살을 느낀다. 뜨겁지만, 뜨겁지 않다. 내가 세상에 온 이유를 알았으니까. 이제야, 이제라도. 자연스럽게 나이 들어갈 수 있는 오늘이 아름답다.

"낮잠 자기 딱 좋은 날씨네."

100쇄 기념 버블 에디션 특별판
메리골드 마음 세탁소

초판 1쇄 발행 2023년 3월 6일
제2판 1쇄 발행 2024년 11월 6일

글 윤정은
기획편집 이현주
디자인 형태와내용사이
콘텐츠 그룹 정다움 이가람 박서영 이가영 전연교 정다솔 문혜진 기소미

펴낸이 전승환
펴낸곳 책읽어주는남자
신고번호 제2024-000099호
이메일 book_romance@naver.com

ISBN 979-11-93937-31-0 03810

* 북로망스는 '책읽어주는남자'의 출판브랜드입니다.

* 책값은 뒤표지에 있습니다.